老鼠記者 Geronimo Stilton

穿越時空鼠 3
傳奇的太陽王

作　　者：Geronimo Stilton　謝利連摩·史提頓
譯　　者：董斌
責任編輯：胡頌茵
中文版封面設計：蔡學彰
中文版內文設計：劉蔚
出　　版：新雅文化事業有限公司
　　　　　香港英皇道 499 號北角工業大廈 18 樓
　　　　　電話：(852) 2138 7998
　　　　　傳真：(852) 2597 4003
　　　　　網址：http://www.sunya.com.hk
　　　　　電郵：marketing@sunya.com.hk
發　　行：香港聯合書刊物流有限公司
　　　　　香港新界大埔汀麗路 36 號中華商務印刷大廈 3 字樓
　　　　　電話：(852) 2150 2100　傳真：(852) 2407 3062
　　　　　電郵：info@suplogistics.com.hk
印　　刷：C & C Offset Printing Co., Ltd.
　　　　　香港新界大埔汀麗路 36 號
版　　次：二〇二〇年四月初版

親愛的鼠迷朋友，
　　歡迎來到老鼠世界！

謝利連摩·史提頓

Geronimo Stilton

老鼠記者 Geronimo Stilton

穿越時空鼠 ③

傳奇的太陽王

謝利連摩·史提頓

Geronimo Stilton

新雅文化事業有限公司
www.sunya.com.hk

這就是我和我的家鼠們，
當然，還有伏特教授。

謝利連摩·史提頓

親愛的鼠迷朋友們：

　　我的名字是史提頓，謝利連摩·史提頓。你們現在閱讀的是我的旅行日記。

　　伏特教授邀請我和我的家鼠們，和他踏上一場不同凡鼠、獨一無二、精彩絕倫的穿越時空旅行，我們探索歷史祕密的旅程就這樣開始了。

　　你們想知道我們去了哪裏嗎？

　　那趕快來閱讀我的精彩故事吧！

謝利連摩·史提頓
12月8日

〈 人物介紹 〉

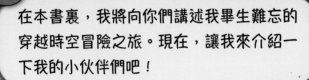

在本書裏，我將向你們講述我畢生難忘的穿越時空冒險之旅。現在，讓我來介紹一下我的小伙伴們吧！

菲·史提頓

菲，我的妹妹，她活潑好動，有着用不完的精力。她是我經營的《鼠民公報》的特約記者。

班哲文·史提頓

班哲文，我的姪子。他温柔體貼，聰明伶俐，惹人喜愛，是世上最可愛的小老鼠！

賴皮·史提頓

賴皮的性格真是讓人無法忍受！他總愛開我玩笑，並且樂在其中。不過，看在他是我表弟的分上，我還是很愛他的！

伏特教授

伏特教授是一位天才發明家，他總是在進行各種古怪的科學實驗。這次旅行中乘搭的時光機，就是他的傑作！

目錄

抵達 1682 年的……凡爾賽鎮！　　　　10

太陽王的……夜壺！　　　　22

要是生日宴會不達標……咔嚓！　　　　30

誰偷了皇室項鏈？　　　　36

離奇的失竊之謎　　　　42

嗯嗯……真奇怪！　　　　49

咚咚咚，咚咚咚，咚！　　　　54

誰才是竊賊？　　　　58

友誼的真諦……　　　　　　　　64

奔波的謝利連摩　　　　　　　　70

玫瑰花瓣與銀色號角　　　　　　74

我是太陽王！　　　　　　　　　84

不要碰那個按鍵！　　　　　　　92

紅色按鍵的秘密　　　　　　　　100

化妝舞會　　　　　　　　　　　104

去哪？去哪兒？去哪兒啊？　　　108

全新的目的地，我們來了！   130

瑪雅的寶藏……   132

與美洲豹不期而遇！   148

歡迎來到奇琴伊察！   164

瑪雅之家   166

瑪雅村莊的清晨   174

蒸氣浴   180

生命的顏色，戰爭的顏色，神靈的顏色   186

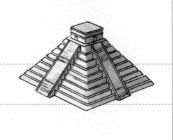

瑪雅球賽！　　　　　　　　　　　194

呃，但我不會跳舞啊⋯⋯　　　　　196

一滴雨⋯⋯何嘗不是一種快樂！　　206

阿卡布茲布：機密藏書的神廟！　　214

神秘的獻祭之井！　　　　　　　　219

再次啟程！　　　　　　　　　　　222

抵達 1682 年的……凡爾賽鎮!

我和家鼠們興奮地踏上了穿越時空之旅。當我從**時光球**裏鑽出來,腦袋像陀螺一樣轉個不停。轉眼間,我們已經來到了 1682 年法國的**凡爾賽鎮**!現在的時間是 9 月 4 日的清晨。

我們換上當時流行的裝束,戴上了假髮、穿上襪褲、花邊襯衣……接着,把時光球藏在**玫瑰花叢**中,然後準備出發探索。

沒過多久,我們覺得渾身難受。

哎,怎麼這麼癢啊!這時,有很多小蟲子從我們的假髮、服飾裏興高采烈地跳出來。

原來,是……**跳蚤**啊!嘩啊!

賴皮尖叫起來:「伏特教授給我們準備的衣服

裏怎麼會有跳蚤啊？他到底從哪兒買來這些衣服？**跳蚤市場**嗎？」

超能腕錶 Z＊突然出現了一則提示信息。

「太難以置信啦！」我大聲讀了出來，「在十七世紀的法國，鼠民並沒有**洗澡**的習慣，很多鼠身上生蚤的情況非常普遍……這甚至被認為是**優雅**的表現！」

我一邊上下抓癢，一邊想了想這次該如何介紹自己。

我向大家建議：「這樣吧，我們假裝史提頓諾家族，來到**凡爾賽**是為了觀光的。」

17世紀的衛生狀況

在17世紀，人們總會在假髮和衣服裏找到跳蚤！因為他們不重視衛生，並沒有洗澡的習慣，而是選擇使用名貴的香水來掩蓋身上的臭味！人們也不會刷牙，因此滿口蛀牙，造成很嚴重的口臭！那時候沒有洗手間，只能使用夜壺解決內急。

＊超能腕錶 Z 是一款功能強大的電腦，伏特教授把它設計成體積輕便，可以佩戴在手腕上。它會給我們提供不同歷史時期的資訊。

17世紀歐洲時尚服飾

謝利連摩

穿上了一身綠色的宮廷服，貼身剪裁，高貴優雅。在華麗的外套上，縫有很多純金的鈕扣；背心上則有大量刺繡花紋裝飾，手工精緻。而下身配上綠色的襪褲和高跟鞋。

賴皮

穿上一身鮮藍色的華麗長外套，前襟有很多排扣，配上純金外飾，再加上柔軟的絲綢襪子、一頂長長的金色鬈髮……最後的「跳蚤」同樣必不可少！

班哲文

換上了金色刺繡裝飾的紅色套裝，配有一排帶扣，配搭一雙蝴蝶結尖頭鞋子。當時的孩子和大人的服飾設計相似。孩子穿着這樣的衣服，想要自由玩耍可有些困難呢！

菲

穿上了一襲非常華麗的紅色錦緞裙子，上半身的緊身胸衣，剪裁立體；上衣的袖子是泡泡袖的設計，精緻華美。髮型也十分講究，臉上的痣嫵媚動人。

賴皮扯高嗓子說：「各位，拜託一定要表現得**自然**一點！尤其是你，謝利連摩，你常常都有點**古古怪怪**……狀況百出！」

說完，他**彈了彈**我的尾巴。

賴皮總愛跟我開玩笑，我裝作沒感覺，心裏卻有些惱火！！！

我們穿過一道金燦燦的柵欄大閘門……

14

沿着灰色石子路走着。

我們走了好一會兒，最後來到了一座宮殿前，大家都不禁讚歎：「啊，多麼雄偉壯觀的建築！」

一個侍衛上前查問說：「你們是誰？」

我恭敬地介紹道：「我是**謝利連摩·史提頓諾**，這些是我的家鼠們。我們來這裏**觀見**國王！」

我環顧四周，只見王宮前是一片非常廣闊無際的**花園**，景致如畫。微風吹來噴泉的水花……這樣的美景真是令人歎為觀止啊！

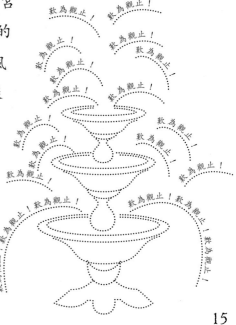

15

這就是法國的凡爾賽宮！

凡爾賽宮

　　1677年，法國國王路易十四遷居到凡爾賽宮（距離巴黎12公里的王宮）。這座華麗的王宮由路易‧勒沃、夏爾‧勒布倫、儒勒‧阿杜安‧孟薩、安德烈‧勒諾特爾設計建成。宮殿後有佔地非常廣闊的花園，氣勢磅礴。

你知道嗎？

- 路易十四搬到凡爾賽宮，為的是接近大臣們，監視他們的行為，從而防止他們造反。
- 王宮內每日流動人口最少有3,000人，最多可以到達10,000人！
- 國王和王后沒有任何私隱可言，他們的一舉一動都被大臣們看在眼裏！
- 這座讓人讚歎的華麗花園宮殿是世界五大王宮之一，更被列入了世界文化遺產名錄。這個浩大的建築工程花費了50年的時間建造，超過20,000名工人參與其中！它佔地超過8,000,000平方米，花園裏有很多長長的林蔭大道、大大小小的噴泉、池塘和長達1公里的大運河，景致如畫。街道總長20公里，水道總長35公里，栽種了20萬棵樹、40萬朵花；宮殿的面積超過63,000平方米，具有2,300個房間！

凡爾賽宮地圖

1. 王宮正門入口
2. 王宮
3. 水之花園
4. 拉朵娜噴泉
5. 禦道
6. 阿波羅噴泉
7. 大運河
8. 大特里亞農宮、小特里亞農宮
9. 國王花園
10. 柱廊
11. 多株錐形叢林噴泉
12. 王后叢林園
13. 柑橘園
14. 南園
15. 穹頂叢林園
16. 方尖碑叢林園
17. 王太子叢林園
18. 星狀叢林園
19. 常青圓形叢林園
20. 北園
21. 金字塔噴泉
22. 林蔭道
23. 三泉叢林園
24. 龍噴泉
25. 海神噴泉

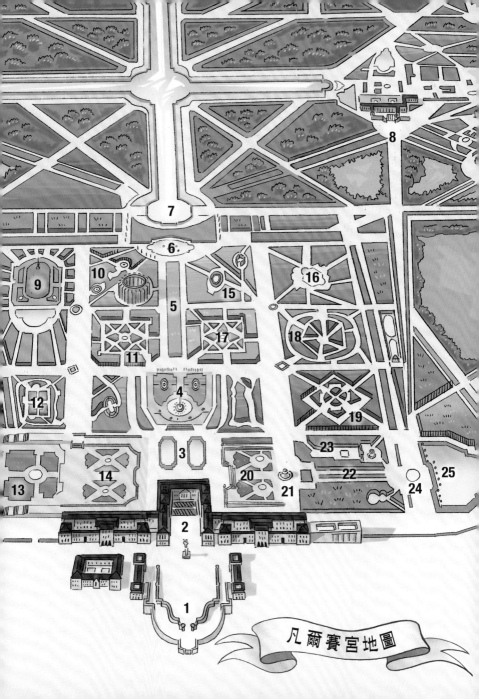

凡爾賽宮地圖

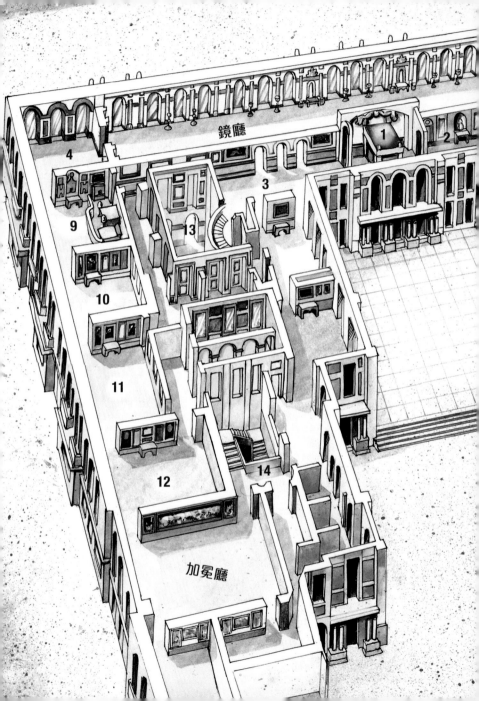

國王的寢室
1. 臥室
2. 會議室
3. 牛眼廳
4. 和平廳
5. 戰爭廳
6. 阿波羅廳
7. 墨丘利廳
8. 瑪爾斯廳

王后的寢室
9. 臥室
10. 貴族廳
11. 晚宴前廳
12. 侍衛廳

其他區域
13. 王太子廳
14. 大理石樓梯

王宮內部圖

太陽王的……夜壺！

宮廷中擠滿了大臣和貴族們，我們混入其中。大家都等着國王**醒來**，然後向他請安！

到了早上八時，一隻侍從鼠莊嚴地宣布道：「國王已經睜開了**眼睛**！」

所有的老鼠呼喊道：「*Vive le Roi！*＊」

我們魚貫地**爬上**大理石樓梯，來到二樓，國王的寢室就在那裏！

我們穿過一間又一間布滿壁畫的華麗房間，最後終於來到了國王的卧室！

太陽王的一天

08:00 起牀、梳洗，吃早餐
09:00 - 12:00 接見子民和大臣
13:00 午餐
14:00 休息，散步、打獵或跟小狗玩耍
15:00 - 18:00 和大臣商議國事
20:00 王后與孩子們共進晚餐
22:00 上牀睡覺（不過有慶祝活動時，則要到清晨時分才能上牀睡覺！）

＊ *Vive le Roi!* 法文的意思是：國王萬歲！

太陽王的 ……夜壺！

在金碧輝煌的卧室裏，有一頂紅色的繡花幬帳。只見一隻尊貴的老鼠坐在牀上，他戴着一頂**鬈曲的**長假髮，那雙棕色的眼睛炯炯有神，臉上有些天花所留下的**傷痕**。

他穿着名貴的亞麻睡衣，衣服上有華麗的刺繡和花邊裝飾。

一隻侍從鼠手持精美的**純金夜壺**，並把它遞給我，說：「去把它倒了！」

我一臉不滿地說道：「為什麼要我倒啊？」

旁邊的一隻老鼠回答道：「能為國王服務，這可是莫大的**榮耀**！」

眾大臣隨即爭先恐後地說：「我！我！讓我給國王倒夜壺吧！」

咕吱吱！大家都不惜一切去討好國王呢！

國王一天的開始

早上八時，首席侍從就會喚醒國王起牀，侍從們隨即給國王進行梳洗、並奉上早餐。這時，只有專門負責服裝管理的侍從才能入國王的房間侍奉。

我抱怨着，然後迅速沿着樓梯跑下去，把夜壺倒乾淨。

之後我馬上匆匆跑回原處。噢，真噁心！

當我回來時，國王已經開始梳洗了。只見一隻侍從鼠為國王穿上刺繡**襯衫**，另一隻為他套上**鞋子**，還有一隻向他遞上一把**寶劍**。

然後，國王靠着**柔軟的**絲質枕頭，坐在牀上吃着早餐。用餐後，他在王座上舒舒服服地坐了下來。

所有大臣一起對着他鞠躬行禮，渴望得到他的**歡心**、**恩典**或者**提拔**。

另外，還有不少皇家貴族到來提前恭祝他**生日快樂**。國王的生日就在明天，也就是 9 月 5 日。

26

國王氣定神閒地回應眾鼠說：「好，好……你們輪流來說，讓我一件件處理……」

過了一會兒，輪到我們覲見的時候，我們深深鞠了一躬。

國王打了個呵欠，說：「**無聊、無聊、真無聊**！凡爾賽宮總是老樣子！」

賴皮見機插嘴道：「陛下，我有一個主意！你可以舉辦一場生日宴會！」

國王驚歎道：「真是一個**好主意**！多機靈的年輕鼠！」

大臣們竊竊私語起來……

吱……這真是一個好主意……多好的主意啊……多好的主意啊……

太陽王的一生

⚜ 路易十四的童年時期

太陽王出生於1638年9月5日，父親是法國國王路易十三，母親是奧地利的安娜。他5歲登基，23歲才真正掌權！他被一名叫做貝麗特

的奶媽養大。奶媽在世時，在每天清晨會吻醒他。太陽王小時候喜歡敲鼓、玩小士兵，他還為自己的小金炮專門養了一隻蝨子「炮兵」！

他喜歡和弟弟腓力一世玩耍，不過也會和他吵架。長成大男孩後，太陽王目睹了一連串殘酷的政治鬥爭。

⚜ 太陽王的性格

太陽王並非智力超羣，但是他懂得聆聽專家的意見，從而找到解決問題的辦法。他做事有條不紊，無

論向他提出怎樣的請求，他都會回答道：「Je verrai（我一件件處理）！」

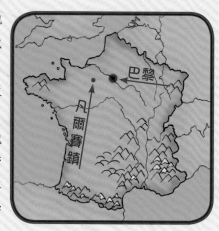

他勤於政事，做事有板有眼，每日的安排十分規律。他相貌英俊，舉止迷人。他娶了西班牙公主瑪麗·泰蕾茲為妻。閒來無事時，他喜歡跳舞，或者帶着獵鷹狩獵。

🌸 政治與經濟

太陽王年輕的時候，馬薩林樞機負責處理國家事務。樞機去世後，太陽王才成為法國的真正統治者。

太陽王的口頭禪是：「L'État c'est moi（朕即國家）」他自稱為「太陽王」，是因為所有的行星都繞着太陽轉，就像全天下的臣民都緊緊依附在他身邊。

他對周邊國家發動過數次戰爭，不過老年的時候對此懊悔不已。戰爭的結果不盡人意，他同樣對此難以釋懷。1715年太陽王逝世，法國開始衰落，太陽王揮霍無度，用盡了法國國庫。

要是生日宴會不達標……咔嚓！

國王嘟噥着說：「可是，誰來籌辦這場生日宴會呢？」

賴皮毫不猶疑指了指我，說：「我的表哥謝利連摩十分樂意！他是策劃宴會的專家！」

我嚇得臉色慘白，渾身顫抖着說：「呃，我……」

參見國王陛下！

這時，國王高聲宣布說：「那麼就由你來籌辦明早的生日宴會！我要慶祝一天一夜！要是這場宴會沒達到我的要求⋯⋯**咔嚓！**」

大臣們私下議論起來⋯⋯

吱吱⋯⋯不然⋯⋯不然⋯⋯不然⋯⋯就會掉腦袋！
國王⋯⋯會把⋯⋯他們的頭⋯⋯砍下來⋯⋯咔嚓！

一隻身形壯碩的劊子手磨起斧頭，屬聲問道：「誰？這次要砍誰的頭？我已經準備好了！」

咔嚓！

而王宮的大總管，**松露家族的松爾冬**一臉壞笑地說道：「誰的頭也不砍⋯⋯起碼目前是這樣！」

糟糕了！賴皮這次真是玩過火了！

國王退朝後，我問那些大臣：「呃，你們誰能幫忙籌辦**宴會**呢？」

他們都默不作聲。

31

賴皮對其中一位說道：「先生，你能幫助我們一起籌辦**宴會**嗎？」

　　他找了個藉口，倉皇逃走：「**噢噢噢噢**，真不好意思，我該去理髮了！」

　　賴皮又來到一位金髮的女鼠面前，問：「這位女士，你能⋯⋯」

　　那位女士也立刻溜走：「**噢噢噢噢**，我的裁縫正在等着我呢！」

　　隨後，大家都議論紛紛，蠢蠢欲動。

也該告辭了⋯⋯我也是⋯⋯我也是我也是⋯⋯我也是⋯⋯

只能我們自己想辦法了！

有一隻高傲的女鼠，她穿着一身繡滿花邊的華麗裙子，對我們不屑地說：「**嘿嘿嘿嘿**，沒有老鼠會來幫忙的！國王對你們很感興趣，大家都**嫉妒**極了，巴不得你們辦不成宴會呢！」

我們大吃一驚：「真的嗎？？？」

說罷，她找了一個藉口也跑掉了：「你們這些**傻瓜**，天真極了！很明顯完全不懂宮廷的遊戲法則！不過，我也幫不了你們，呃，我要⋯⋯我要去醫生那裏檢查腳爪！」

也是⋯⋯我也是我也是⋯⋯我也是⋯⋯否則『咔嚓』一聲⋯⋯腦袋落地！

我頓時轉向表弟，惱怒地說：「你憑什麼說我可以籌辦宴會呀？」

賴皮擠眉弄眼說道：「拜託，舉辦一場國王的**生日宴會**有什麼難的？不就是需要幾盞燈、放幾張座位名牌……再預備一個插上蠟燭的**蛋糕**……」

我怒吼起來：「你知道要請多少老鼠過來嗎？！」

「這……我覺得可能就幾**千隻**吧，一千隻，兩千隻，三千隻……誰知道呢！」

我絕望地叫起來：

「**什麼什麼什麼什麼什麼什麼**？？？？？？？」

我抽泣着說：「我沒法籌辦如此盛大的宴會，太陽王一定會要了我的腦袋！*咔嚓！*」

菲安慰我道：「振作起來，親愛的哥哥！我幫你布置場地。」

班哲文也伸出援爪：「我來當你的助手！」

賴皮擠眉弄眼，說：「哎，那我負責準備食物！我現在就列出一張清單，把需要的材料都記下來！」

就在這時，從王后寢室裏傳來一聲**尖叫**：「抓小偷啊！有賊偷走了**皇室項鏈**！」

嗯……我們需要這個……這個……還有這個……

等等……這張清單也太長了吧！

誰偷了皇室項鏈？

　　我們立刻衝到同樣位於二樓的**王后寢室**，在大廳裏已經聚集了眾多侍從和貴族們。

　　只見兩隻管家鼠緊緊捉住一隻神情**驚恐**的金髮女僕鼠，而一隻戴着黑色鬈髮的紅毛老鼠正在氣沖沖地發號施令。旁邊的侍女們也一臉慌張。

是她偷去的！

這隻紅毛老鼠穿着一身**祖母綠**的華麗服飾，袖子的蕾絲花邊設計精緻極了。他的外套上配有**紅寶石**鈕扣，腳上尖頭高跟鞋上繫有綠色絲帶**蝴蝶結**，其右腳踝上纏着緞帶。他就是我剛才提及的那個邪惡大總管——**松露家族的松爾冬**！松爾冬憤怒地尖叫道：「就是她偷了王后的**皇室項鏈**！」

這時，一隻體態豐滿的金髮女鼠走了進來，她穿着一身華麗的**藍色**絲綢裙子，看上去很**善良**。原來，她就是王后**瑪麗·泰蕾茲**！

騎士鼠和貴婦鼠在旁邊議論紛紛，王后則盯着那個驚恐的女僕。

吱吱吱……

吱吱吱……

吱吱吱……

我是清白的！

「科琳，那個裝有**皇室項鏈**的匣子，當真是被你偷走的嗎？你盜取了那條國王親手送給我的項鏈嗎？那可是我和國王成婚時的珍貴紀念物啊！」

　　女僕撲通跪在王后的腳爪下，嚶嚶哭起來：「Ma reine*，我是**清白的**！」

　　松爾冬譏笑道：「你說你是清白的……那項鏈怎麼會**不翼而飛**！請王后殿下下令，讓火槍鼠把她抓到監獄裏，關她一輩子吧！」

　　王后搖了搖頭，說：「科琳，我一直待你如親生**女♥兒**，你為什麼要用這樣的方式回報我？」

　　說罷，她悲傷地離開了。

　　我走上前跟管家說：「我是**史提頓諾**。定罪之前，這個女僕有權利要求進行一場正式的審判！」

　　松爾冬**不懷好意**地笑道：「什麼權利？什麼審判？現在就給她定罪，然後結案！」

＊*Ma reine* 法文的意思是：我的王后。

39

我反駁道：「你說她有罪，可有證據？」

他不屑地抽了抽鼻子：「首先，科琳是王后的貼身侍女，她可以隨意進出王后的臥室。其次，她窮得**一貧如洗**，肯定想拿**皇室項鏈**去變賣，換取**金錢**！她以後的生活⋯⋯可以在監獄裏度過了！哈哈哈哈哈！」

這時，科琳撲通跪在我的腳爪下，哀求說：「*Monsieur*＊，求你救救我！王后殿下待我不薄，我怎麼會對她做出這種事呢？我以我的名譽發誓！是

的，我很**窮困**，但是我做事**光明磊落**！」

我看着她的眼睛，我相信她所說的是**真話**！

菲雖然也很同情她，但還是低聲對我說：「謝利連摩，我們要趕緊準備國王的生日宴會，沒有時間幫她呀，否則⋯⋯」

＊*Monsieur* 法文的意思是：先生。

賴皮比劃出砍頭的動作，說：「否則……**咔嚓！**」

班哲文卻拽了拽我的衣角：「**叔叔，我們必須救她！**」

我想了想，又想了想，又想了想，又想了想，又想了想，又想了想，又想了想，又想了想，又想了想，又想了想，又想了想，又想了想……

我們必須幫助那個無辜的女僕！

我下定決心：「科琳，我來救你！」

離奇的失竊之謎

　　一隻騎士鼠走了過來。他儀表不凡，留着優雅的**鬈曲**鬍子。

　　他披着紅色的披風，頭上戴着羽毛帽子。他就是**達達尼昂**，王后的火槍隊隊長！

　　他是來逮捕科琳的。我請求道：「請你給我一個小時的時間，我可以證明她是**清白的**！」

　　松爾冬氣得叫起來：「騎士鼠，別聽他的話！」

　　達達尼昂直直盯着我：「你為什麼要為她辯護？」

　　我回答道：「因為我熱愛**正義**！」

達達尼昂捋了捋鬍子：「那好，史提頓諾！我給你一個小時的時間來證明她是清白的，*我以火槍隊隊長的身分向你承諾*。不過，你要注意，絕不能超過一小時！」

現在已經是 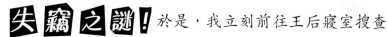 晚上 六時正了……

我們必須抓緊時間馬上追查，破解這宗離奇的

失竊之謎！ 於是，我立刻前往王后寢室搜查線索。

火槍手

火槍手是最精銳的護衛軍團的士兵，他們身上攜帶沉重的步槍，為國王和王后效忠。火槍隊的隊長是達達尼昂。法國作家大仲馬的《三個火槍手》講述了火槍手的冒險故事。

① 我搜查了王后的房間

在房間裏的一盤玫瑰花中，我發現了一個綠色絲帶蝴蝶結……

結論：盜賊身上應該丟失了一個綠色的蝴蝶結！

？？？？？？？？？？？？？？？？？？？？？？？？

嗯……我好像在哪裏見過這樣的蝴蝶結……在哪裏呢？

②*我打開窗戶。*

在窗戶旁邊，我發現了一撮**紅色的毛髮**，還有一根**黑色的鬚髮**……

結論：小偷應該是從窗戶潛入房間的！

？？？？？？？？？？？？？？？？？？？？？

嗯……我好像在哪裏見過紅色的毛髮和黑色的頭髮……在哪裏呢？

第二條線索！

嗯……一撮紅色的毛髮！

嗯……有一根黑色的鬚髮！

③ *我瞧了瞧窗外的情況。*

　　我發現外面剛剛下了雨，因為地上有些小水窪。而樓下的花園裏有一連串可疑的**腳印**……

　　結論：小偷應該是從下面的花園一直爬到了窗戶這裏！

？？？？？？？？？？？？？？？？？？？

　　嗯……我好像在哪裏見過沾滿泥巴的鞋子……在哪裏呢？

第三條線索！

嗯……花園裏的腳印！

離奇的　　　　失竊之謎

④ *我來到樓下的花園，仔細檢查腳印。*

　　小偷的鞋子是方形鞋跟的！他的腳爪很長！此外，他的腳印非常深，尤其是右腳爪的腳印。

　　結論：小偷的右腳爪有些跛，他身上藏着裝有項鏈的匣子，然後就這樣逃走了。

？？？？？？？？？？？？？？？？？？？？？？？

　　嗯……我好像在哪裏見過有鼠穿着方形鞋跟的尖頭鞋，而且走路有些瘸……在哪裏呢？

第四條線索！

嗯……好奇怪的腳印！

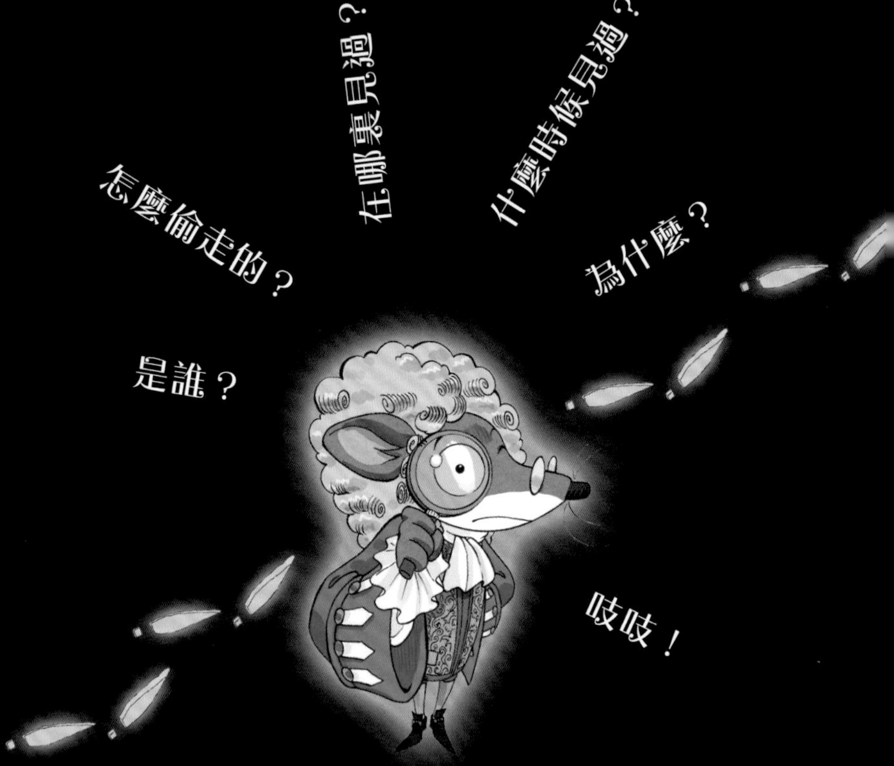
在哪裏見過？
什麼時候見過？
怎麼偷走的？
為什麼？
是誰？
吱吱！

嗯嗯……真奇怪！

我把我的家鼠們叫過來：「我們跟着這些走！」

我們從王宮走出來……然後向右轉……穿過北園……經過**金字塔噴泉**……來到林蔭道……

最終，腳印在★**龍噴泉**★前消失不見了！

在噴泉的中央，有一隻噴水龍雕像，旁邊有一些**丘比特**小天使們圍繞着。這些丘比特手裏拿着弓和箭，騎在天鵝或者海豚雕像身上。

嗯……**真奇怪**！只有噴水龍的嘴裏完全沒有水噴出來……這是怎麼一回事？真是令鼠費解！

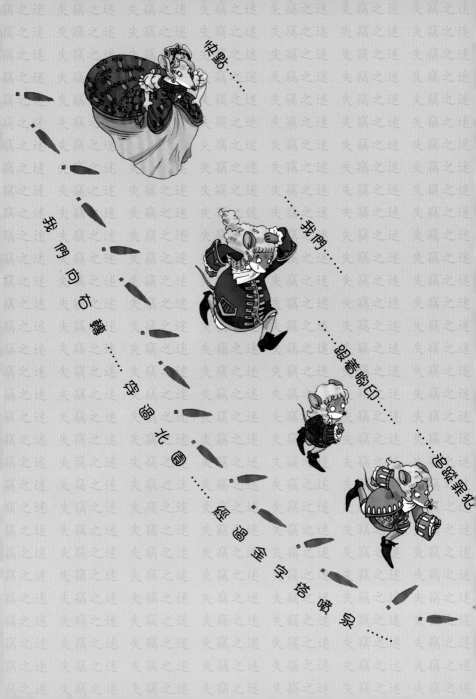

龍噴泉

王宮

來到林蔭道……腳印在龍噴泉前消去不見了，

　　我靈機一動，跳進噴泉裏，爬到金色的噴水龍雕像上。

　　我往它的嘴巴裏查看……結果發現了一個匣子！我馬上驚呼起來：「**太好了！**」

　　我才剛取走匣子，噴水龍的嘴裏就馬上湧出水柱來。

　　然後，我在家鼠們面前打開匣子，**皇室項鏈**果然就在裏面！

龍雕像的嘴巴

咚咚咚，咚咚咚，咚！

　　我們帶着這個重要的發現，一起跑回凡爾賽王宮去。這時，王宮的時鐘剛剛敲起了七次鐘聲。

　　我們尋回了珍貴的**皇室頂鏈**⋯⋯我還知道了是誰**偷了它**！

　　我對宮廷內的老鼠們宣布道：「一個小時已經過去了，讓我們來破解這宗盜竊案吧！」

　　我們來到了金碧輝煌的**鏡廳**，長廊裏很快就擠滿了貴族和大臣。

　　達達尼昂趕了過來⋯⋯接着是王后殿下⋯⋯最後，連國王也來臨了。

　　於是，我開始大聲宣布：「各位先生、女士，我們聚在這裏，一起破解這宗**失竊之謎！**」

　　接着，我把自己推理得出的結論告訴了大家⋯⋯

★ 皇室項鏈 ★
失竊之謎

① 在王后的房間裏，我發現了一個綠色絲帶蝴蝶結……

★ 松爾冬的鞋子上就繫着這樣的綠色蝴蝶結！

② 在窗戶附近，我找到了一撮紅色的毛髮，還有一根黑色的鬃髮……

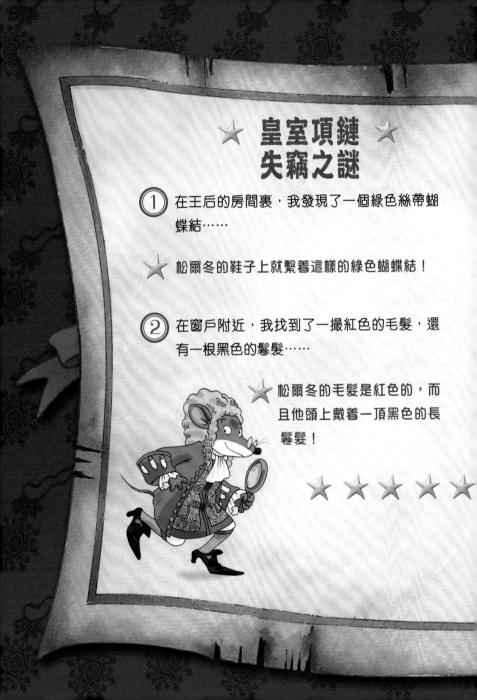

★ 松爾冬的毛髮是紅色的，而且他頭上戴着一頂黑色的長鬃髮！

★ ★ ★ ★ ★

★ ★ ★ ★ ★ ★ ★ ★ ★ ★ ★

③ 在花園的濕地面上，我發現了一連串腳印……

★ 松爾冬的鞋子上沾滿了泥巴！

④ 腳印的鞋跟是方形的……而且腳掌很長……而
且腳印的主人還有些瘸……他身上藏着裝有頂
鏈的匣子。

★ 松爾冬穿着方形鞋跟的尖頭鞋，右腳還有些不
好使——就是他偷走了匣子！

★ ★ ★ ★ ★ ★ ★ ★

結論：真正的竊賊是……王宮的大
總管，松露家族的松爾冬！

誰才是竊賊？

　　我剛推理完畢，就發現<u>松爾冬</u>已經悄悄溜到了門口。

　　菲一把揪住他的尾巴，説：「別想逃，你這個狡猾的傢伙！現在你該去監獄了！」

　　他高聲狡辯説：「不是我！我可沒把匣子藏在<u>龍噴泉</u>★的嘴巴裏！」

　　我在鬍子下露出一抹笑容：「真是怪了，我從沒有告訴大家匣子**藏在**哪裏……你怎麼知道它藏在哪裏呢，松爾冬？

　　除非就是你**偷走了**匣子！現在證據確鑿！」

　　他氣得臉色發青：「可惡，我竟然會不小心説溜了嘴！」

　　松爾冬接着尖叫起來：「你們知道我為什麼偷走**皇室項鏈**嗎？因為我想讓科琳**受罪**！我本打算娶她為妻，她卻偏偏瞧上了和她一個村子的**農鼠**，所以我決定報復她。我本來可以成功的，都怪你——*史提頓諾*，你竟敢破壞了我的好事！」

　　達達尼昂下令：「火槍鼠，把他帶走！」

把他帶走！

我對**王后**行禮：「尊敬的殿下，我把項鏈歸還給你！」

王后打開了匣子，她笑逐顏開取出項鏈，它折射出耀眼的光芒！

王后又打開了項鏈上的相框，並親♥吻了貼在裏面的國王照片。然後，她把項鏈佩戴在脖子上。

「謝謝，*史提頓諾*，科琳的確是清白的，我很高興！作為報答，我冊封你和你的家鼠們為**火槍手**！」

吱吱……找到了匣子……匣子……匣子……

其他火槍手齊聲歡呼起來：「團結忠誠，上下一心！」

他們把我們**拋向空中**，歡呼雀躍。

科琳激動地抱住了我，說：「史提頓諾，謝謝你**拯救**了我！不過……你們現在準備**國王**的宴會還來得及嗎？」

太陽已經下山了，時間已經很晚了！

我歎了口氣：「已經來不及在明天早上前準備好國王**宴會**了，不過沒關係。」

賴皮也悲傷地歎了口氣：「哎，沒關係，大不了砍頭吧，*咔嚓！*」

吱吱……找到了匣子……匣子……匣子……

科琳心痛不已：「我不希望你們因為我的緣故而受到懲罰！」

「我有一個主意，你們在這裏等我！我馬上回來！」說罷，她突然**跑掉**。

她這是要去哪兒啊？哎！

幾個小時就這麼過去了。我們來到了花園坐下休息，嘗試想想如何準備宴會。賴皮憂愁地讀着那

張長長長長長長極了的清單。清單上面寫着舉辦宴會的必需品。

「我們需要乳酪、水果、蔬菜、魚……沒有食材，再好的廚師也做不出菜啊！」

突然，我在夜色中看到一個悄悄移動的影子……

我嚇了一跳，尖聲問道：「誰？誰在哪兒？」

友誼的真諦……

在 **黑暗** 中傳來一把聲音，説：「別擔心，史提頓閣下，是我們呀！」

我遲疑地問道：「*你們……是誰？*」

「*我是科琳，他們是我村子裏的朋友* **農夫鼠** *和* **農婦鼠**！」

一隻叫做皮埃爾的可愛少年鼠握住我的手爪，說：「謝謝你救了我的**未婚妻**！」

我微笑道：「朋友之間不必言謝！」

「你們救了科琳，請讓我們幫忙準備明早的國王宴會吧！」

科琳和皮埃爾

我們家鼠們**歡呼**起來：「太好了！齊心協力，我們一定能完成任務的！」

我拿出之前準備的清單，然後開始分配工作：「我們分成三隊，今晚就開始工作。第一隊由菲指揮，負責搭建宴會的帳幕；第二隊由我指揮，負責布置桌椅、端送菜餚，班哲文來當我的助手；第三隊由賴皮指揮，負責做飯！」

友誼

朋友之間互相幫助，這是多麼美好的一件事！真正的朋友能夠察覺出你的歡樂和憂愁。他知道你需要什麼，無需你開口，就會主動伸出援手！朋友之間的默契不需要言語，因為他們的心緊密相連！

賴皮抽了抽鼻子說：「沒問題，但是我們做什麼菜式？」

科琳微笑道：「不用擔心！我們已經準備好了，運來了好幾車食材，包括：**肉類、魚類、蔬菜、水果、牛奶、牛油、乳酪、麵粉、雞蛋**……總之，國王宴會上用得到的食材，我們這裏應有盡有！」

大家開始忙起來，科琳則在一旁給我們說起在

村裏生活的日子。

　　我仔細聽着，深深感覺到在太陽王統治時期，**貴族**和**農民**的生活真是差天共地！

　　這可不是一件好事啊！

我們要在宴會上準備什麼？

肉類　　　　魚　　　　　蔬菜

水果　　　　牛奶　　　　麵粉

乳酪　　　　穀物　　　　雞蛋

貴族的生活

在路易十六的時代，貴族們住在金碧輝煌的別墅裏，生活奢華。為了緊隨時尚潮流，他們在服飾、假髮、配飾、珠寶上揮霍大量金錢。

貴族的生活無憂，每天忙着參加晚宴、舞會、社交、聊天和打牌賭博。

他們不用工作，靠收取租金賺錢。

幾隻正在打撲克牌的貴族鼠

農民的生活

　　農民在貴族的土地耕作。他們辛勤工作，有些孩子也得跟着務農。面對貴族徵收重稅、收成不足，農民生活困苦，總是吃不飽肚子。他們的食物主要是穀物、馬鈴薯、豆子和捲心菜等等，很少能吃到肉。當時的人不注意個人及環境衛生，因此農民經常生病，瘟疫肆虐。

收成怎麼樣？

還好，就是稅……

……越收越多了！

幾隻前往市集的農民鼠

奔波的謝利連摩

　　賴皮正做飯的時候，我聽見他發出一聲尖叫：

「啊啊啊啊啊啊啊———！」

　　我慌張地朝他跑過去，問道：「發生什麼了，表弟？」

　　他誇張地抽泣道：「發生了一幕**悲劇**！」

　　我嚇得臉色發白：「到底發生了什麼事？我能幫忙嗎？」

　　他指了指遠處金光閃閃的王宮：「我忘記帶**鹽**了！要是國王發現了，那就慘了！誰*（也就是你）*能去王宮取一些鹽回來嗎？」

　　我歎了一口氣：「好吧，我去幫你取鹽。」

　　我沿着林蔭道走，趕快跑往宮殿去。然而，通向王宮的路真是

　　很長長長長長長長長長長長長長啊！

我終於抵達廚房，取得食鹽後，就原路返回。

我剛回來，賴皮又叫起來：「發生了

第二幕悲劇！我忘記帶**胡椒粉**了！

要是國王發現了，那就慘了！誰（也就是你）能去王宮取一點胡椒粉回來？」

胡椒粉

我不禁瞪大眼睛，問道：「呃，這個是必需的調料嗎？」

「Oui*！」賴皮說。

於是，我再次踏上林蔭道，氣急敗壞地朝着王宮跑過去。而舉辦宴會的地點，就在這條路上的花園。

我抵達廚房，取得胡椒粉，然後原路返回。

怎料，我才剛回來，賴皮再次扯着嗓子呼喊道：

「發生了**第三幕悲劇！**我忘記帶**芥**

末了！要是國王發現了，那就慘了！誰

（也就是你）能去王宮取一點芥末回來？」

芥末

這次，我**生氣極了**，抗議說：「不要！我受

夠了！」

＊*Oui 法文的意思是：是的。*

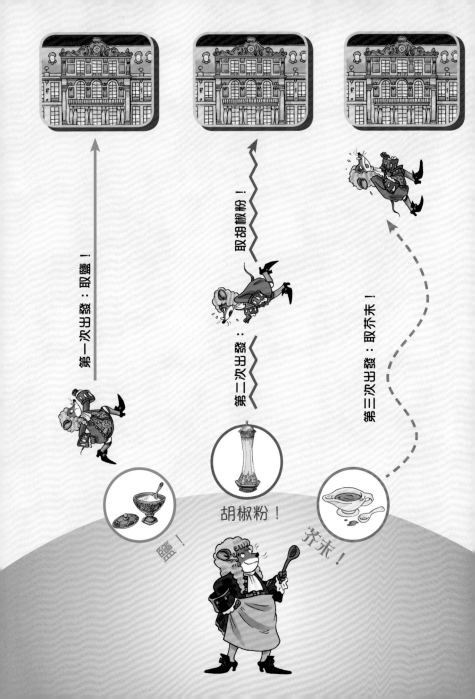

賴皮苦苦哀求我説：「表哥，請幫幫忙！」

我只好再跑一趟。

我再次回來的時候，已經累得四爪朝天。

我耷拉着舌頭，累得氣喘如牛！

賴皮向我道謝：「*Merci** ！」

我軟攤在地上：「哎⋯⋯再多走一步，我説不定會馬上**暈倒**了！」

✻ *Merci 法文的意思是：謝謝！*

玫瑰花瓣與銀色號角

第二天早上，王宮裏的樂師演奏起**輕快的**樂曲，客人也紛紛來到宴會場地。生日宴會快要舉行了，真是難以置信呢！

賴皮在桌子之間來回穿梭，上氣不接下氣。他在進行最後的檢查，**指揮**着說：「菲，再切一塊**蛋糕**。班哲文，再拿一瓶**玫瑰花**過來。謝利連摩，把這張桌子上的玻璃杯拿走。不，不是那張，是這張桌子！你為什麼事事都要我操心？」

我看到**王后**來到宴會……然後看到了**國王**。他們坐在純金馬車上，而前面拉車的白馬脖子上繫着紅色的絲帶蝴蝶結。

國王身穿紅色的絲綢套裝，上面裝飾有捲邊的綢帶，身後的珍珠斗篷隨風飄動。靴子上的純金馬刺閃閃發光，紅寶石帽子上的羽毛起起伏伏。

　　國王的隨從在他走過的路上撒滿**玫瑰花瓣**，銀色號角**吹奏**起了莊嚴的樂章。

　　皇家詩人宣布道：「**國王**駕臨！他準時到來，就像五月盛開的玫瑰，就像破曉的太陽，就像……」

　　賴皮怪笑道：「嘻嘻，就像消化不良時的胃痛，就像牙齒蛀了之後的劇痛，就像……」

　　我聽着卻嚇得**臉色發白**，馬上制止他：「別說了……我們會掉腦袋的！**咔嚓！**」

　　賴皮對國王行禮，並獻上一片夾心麵包，祝願道：「*Bōn appétit!**」

　　國王舔了舔**鬍鬚**，讚歎：「太美味了！」

＊ *Bōn appétit! 法文的意思是：祝你胃口大開！*

你聽說了嗎……

誰會對這個感興趣？

長舌鼠夫人對着我打開摺扇，俏俏說道：「**噢噢噢噢**，宮中最新傳出的那條**爆炸性新聞**，你聽說了嗎？皇家理髮師的叔叔的管家的侍從的理髮師的腳科大夫的看門鼠的哥哥偷偷告訴我，國王的尾巴尖上長着一個噁心的**膿瘡**了！不過，這話你可別亂傳開去，這是個秘密啊！」

賴皮抽了抽鼻子：「呃，誰會對這個感興趣？」

我費了好大力氣，終於從長舌鼠夫人的閒話中脫身。

古怪的療法！

在這個歷史時期，人們缺乏衛生常識，醫生的腦袋裏裝滿了古怪的想法，他們認為洗澡對健康不好。醫生經常給病人吃瀉藥，用灌腸劑給他們清理腸道，或者用吸血蟲給他們放血！

就在這時，皇家醫生趕到宴會現場，開始向我推銷他的那些古怪療法！

「**史提頓諾**，你的臉色太蒼白了，你覺得不舒服嗎？」

「我很好，謝謝。」

「我能治好你，我給你開一點瀉藥好嗎？」

「不了，謝謝。」

「那麼你需要灌腸嗎？」

「不，不用了，謝謝。」

「我用**吸血蟲**給你放放血吧！」

我趕緊跑開：「不不不，謝謝！我的身體好極了——！」

我給你開一點瀉藥好嗎？

需要灌腸嗎？

用吸血蟲給你放放血吧！

法國宮廷宴會文化

在路易十四的時期，國王喜愛舉行宴會，宴請數百貴族和大臣一起娛樂，在宮廷裏發展出著名的飲食外交。

在法式宴會中，法國人會按次序奉上多道餐飲，從開胃濃湯，前菜冷盤，主菜，甜品和水果。法國人往往會花上多個小時用餐。法國菜式精緻講究，廚師除了會挑選時令食材，鑽研不同的烹飪方式，還會嚴選食物和餐酒的配搭。而賓客用餐時，也很講究各種餐具的使用及用餐禮儀。

法國王室貴族的生活奢華，他們喜歡參加社交宴會，欣賞芭蕾舞表演和歌劇表演。後來，法國人漸漸養成在餐飲、音樂和藝術工藝文化上追求精緻卓越。

白天的時光在這樣的**歡聲笑語**中度過。夜幕降臨，整場**宴會**終於迎來了最激動鼠心的時刻——**宮廷舞會**！

國王面帶微笑，對菲伸出手爪，説：「親愛的女士，你想和我共舞一曲嗎？」

親愛的女士，你想和我共舞一曲嗎？

在場的貴婦們吱吱喳喳議論起來：

「噢噢噢噢噢噢噢噢噢噢噢哦，真是太羡慕了！」

生日宴會進行了整個晚上，最後以一場盛大的煙火表演告終。

賴皮嘟噥着說：「這些大臣貴族就在那兒**吃啊吃，吃啊吃，吃啊吃**……這些食物的錢誰來付啊？」

菲歎了口氣：「法國的平民鼠負擔啊！國王和大臣對勞動階層徵收大量稅款。再過一百多年，到了**路易十六**和**瑪麗·安托瓦內特**的統治時期，人民長期受到壓迫，最終導致了**法國大革命**的爆發！」

這種三色旗於法國大革命出現，現在已成為了法國的國旗。

我是太陽王！

黎明時分，我們躺在露水打濕的草地上，仰望**玫瑰色**的天空。凡爾賽宮在清早的陽光裏熠熠生輝。

賴皮嬉笑道：「總的來說，這次經歷十分**有趣**，你不這麼覺得嗎，表哥？」

我嘟噥着說：「是啊，多有趣啊！我的腳爪差點兒被一道門砸扁了！不過，這真是一場難忘的歷險啊！」

班哲文吱吱叫道：「我們成功拯救了科琳逃過險境，真是太好了！」

菲接着說：「我還和一位如假包換的國王**跳舞**了……多麼難忘的宴會！」

我們身後傳來一把陌生的聲音：「是啊，的確是一場**難忘的**宴會！」

我們轉過頭,竟然是他,竟然是他、他、他、他、他……太陽王!

國王揮舞羽毛帽子,向 我們打招呼,然後説道:「是啊,的確是一場難忘的宴會!要籌辦一場這樣盛大的宴會,聰明的頭腦必不可少……你的腦袋就很靈光!」

我……

　深深……

　　鞠了一躬……

　　　幾乎鬍子……

　　　　都碰到了……

　　　　　地面。

「陛下,這是我們的榮幸。呃,我能問問你……」

國王臉上掠過一絲哀愁的神情,説:「你説吧,所有老鼠都總是有求於我。你想要什麼?」

我微笑道：「陛下，我只想問問你對這場宴會是否滿意，沒有別的意思。」

　　他吃了一驚：「你真的不要別的東西嗎？我只需要輕輕打個響指，你就能得到**名譽**、**金錢**或**權力**，過上快樂的生活。別忘了，我可是**太陽王**！」

　　我微笑道：「陛下，**快樂**不是一件物品，而是一種**心情** ！它和金錢、權力、成功無關。我們只能在自己的心中找到快樂！初升的太陽、芬芳的空氣、愛我的家鼠們……擁有這些，我還會奢求別的嗎？」

　　我的一番話讓國王若有所思，他說：「你們的想法真是**與眾不同**呢。宮廷裏的老鼠只知道服裝、珠寶、宴會和八卦消息……我都被他們煩死了！」

　　我看了看時間，說：「陛下，我很樂意很你繼續交談，但是我們該出發離開了。」

　　他有些失望：「不會吧，我們剛剛成為**朋友**，你們就要走了？」

　　我致歉道：「我並非有意冒犯，但是回家的漫漫旅程正在等候我們。」

　　太陽王堅持道：「我身邊需要你這樣能幹的老鼠。我封你為**伯爵**，哦不，乾脆封你為**侯爵**，哦不，乾脆封你為**公爵**……」

　　我深深鞠躬：「陛下，我真的要出發了，不過我向你承諾，我會回來的。*再見！*」

Bon voyage!

再見！

聽罷，國王的眼裏恢復了光彩：「那我等你歸來，*Bon voyage**！」

我們跑到玫瑰花叢中，找出收藏在那裏的

時光球，接着換上**橙色**的保暖制服。

現在⋯⋯

　　我們⋯⋯

　　　　已經⋯⋯

　　　　　　準備好⋯⋯

　　　　　　　　回⋯⋯

　　　　　　　　　　家⋯⋯

　　　　　　　　　　　　啦！

＊Bon voyage! 法文的意思是：一路順風！

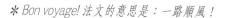

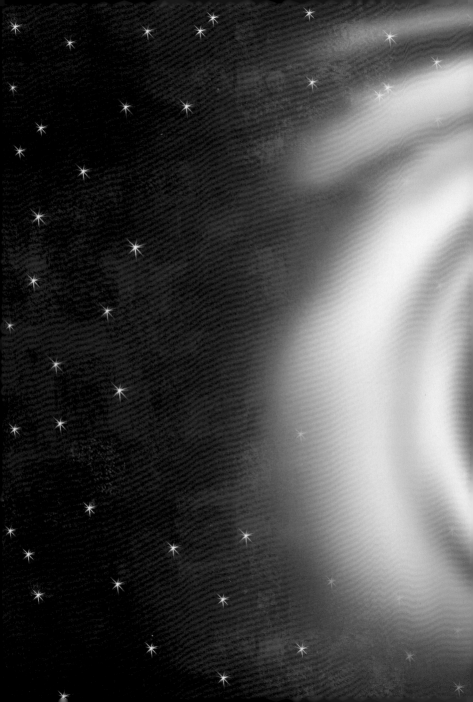

時光機開始震動，轉得越來越快……

不要碰那個按鍵！

　　我們輸入回家的信息，**時光球**開始轉啊轉，轉啊轉，轉啊轉……

　　在出發回家前，我突然想起：為什麼伏特教授囑咐我們千萬不能碰那個**紅色的按鍵**呢？就在我正苦苦思考着時，賴皮突然叫了起來：「喂，各位，我有大事宣布！！！」

　　「什麼大事？」我大聲問道。

　　我的表弟大聲回答道：「這個……我……」

　　「你？」

　　「我**碰了**……」

　　「你碰了？」

　　「我剛才**碰了**……」

　　「你剛才碰了？」

　　「我剛才碰了那個……」

我腦袋裏閃過一種可怕的念頭。

我忐忑地問道：「你⋯⋯你該不會是不小心**碰到了**那個⋯⋯**紅色的按鍵**吧？？？」

93

我終於記起來了！
伏特教授警告過我們：
當你在穿越時空的旅程中，
要記住，

千萬不要隨便觸碰
這個紅色的按鍵！

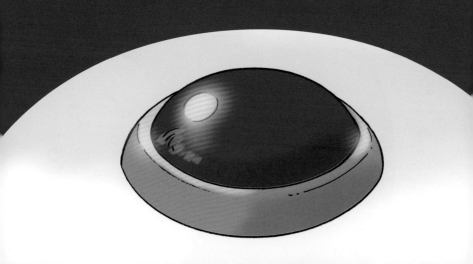

他尖叫道：「是的！我碰碰碰碰碰碰碰了那個按鍵！」

我絕望地揪起鬍子：「你為什麼要這麼做？在出發前，教授就警告過我們**千萬不能觸碰紅色的按鍵的**！」

一把機械人的聲音開始倒計時：「**十**……**九**……**八**……」

我發瘋了一樣狂叫：「都數到**八**了？**八**之後是什麼？我想知道！哦不不，我不想知道！我們現在怎麼辦？」

我思考了一下，然後驚慌地大喊起來：「救命啊！！！！！！」

菲絕望地說道：「喊救命有什麼用？反正誰也聽不見我們！」

與此同時，那個聲音繼續倒計時：「**七**……**六**……**五**……**四**……**三**……**二**……**一**……」

砰！！！

我聽到奇怪的聲音……

砰！！！

我尖聲叫道：「救命啊啊啊啊啊！！！發……發生了什麼？」

1 焗爐裏飛出五片剛烤好的乳酪多士！

2 時光機內的所有電燈突然全部亮起刺眼的強光！

3 音響裏傳出震耳的音樂！

4 相機的閃光燈閃個不停！

5 攝影機開始自行攝錄起來！

6 五隻高腳杯出現在桌上！

7 一瓶乳酪飲料突然送上！

紅色按鍵的秘密

時光球終於停了下來。我們被剛才的鬧劇折騰得頭暈眼花，走出艙門的時候，腦袋還在轉啊轉，轉啊轉，轉啊轉，轉啊轉，轉啊轉，轉la la轉，轉啊轉，轉la la轉，轉啊轉，轉啊轉，轉la la轉，轉啊轉，轉啊轉，轉啊轉，轉啊轉，轉啊轉！

萬歲！

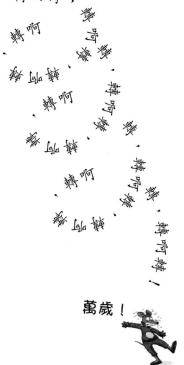

不過
我們高興極了，
因為我們
快要
回家了！

我們走出時光球，伏特教授在迎接我們，臉上帶着滿意的微笑。

　　「哦，看來你們發現了 **紅色按鍵** 的秘密！！！」

　　我的頭還在發暈，嘟噥着說：「教授，這個按鍵到底有什麼用呀？」

　　他壞笑着說：「這個按鍵是為了慶祝你們勝利歸來而設計的呀……*所以在* **旅途** *中千萬不能觸碰它！*」

　　大家都鬆了一口氣，而賴皮則快如閃電般衝了過去，往嘴巴裏塞了一片多士。

　　「**吧唧**，那我們好好 **慶祝** 一番吧！」

　　班哲文插嘴道：「我們為什麼不邀請一些朋友過來呢？」

　　於是，我們舉辦了一次穿越時空旅行慶功會。菲隨即提出了一個好主意：「我們來舉辦一場 **化妝舞會** 吧！這樣大家可以穿上自己喜歡的 **歷史時期** 的服裝了！」

103

化妝舞會

第二天，各種歷史時期的人物陸續出現在《鼠民公報》大樓的大廳。

大家都悉心打扮呢，有各種造型，包括：埃及豔后克莉奧佩特拉、兩個穿着盔甲的騎士鼠、一個駕着馬車的古羅馬鼠、三個海盜鼠、一個木乃伊鼠、一隻恐龍……這些都是班哲文的**朋友**！

你猜誰打扮成了**拿破崙**的模樣？當然是馬克斯爺爺！

在**歡快**的音樂中，大家翩翩起舞。

賴皮尋我開心：「表哥，你讓大家見識一下你的**舞蹈**吧？」

我羞紅了臉：「呃，呃……那個……我可不喜歡跳舞呢……」

他壞笑道：「表哥，來吧！不用害羞了，反正大家都知道你平日總是笨手笨腳，只有在危急關頭才會動作利落起來的，哈哈！」

大家哈哈大笑，想起之前的旅程的種種經歷，我也不禁笑了。

我太高興了，以至於忘記了生氣！

我坐在一旁，慢慢啃着一塊乳酪。去過的那些歷史時期，在我眼前一一浮現，彷彿是一場夢境……

我激動地歡呼道：

「歷史由我們創造！」

去哪？去哪兒？去哪兒啊？

舞會結束後，我們走出《鼠民公報》大樓。伏特教授嘟噥着說：「謝利連摩，我告訴你一個秘密，我正在計劃一場全新的**穿越時空之旅……**」

班哲文聽到了我們的對話，他好奇地問道：「要**去哪兒呢？**」

菲急不及待地問道：「**去哪兒呢？去哪兒呢？**」

賴皮尖聲問道：「**去哪兒啊？去哪兒啊？去哪兒啊？**」

伏特教授氣定神閒道：「這一次，我們一起出發，或者你們單獨出發，誰知道呢？可能去看看**猛獁象**……可能去去**古希臘**逛逛……或者去拜訪偉人**達文西**……誰知道呢？」

這次我們要穿越到哪個時期呢?

去古希臘遊覽?

去拜訪偉人達文西?

去結識美洲的印第安人?

去看猛瑪象?

穿越時空旅行 穿越時空旅行 穿越時空旅行 穿越時空旅行 穿越時空旅行 穿越時空旅行

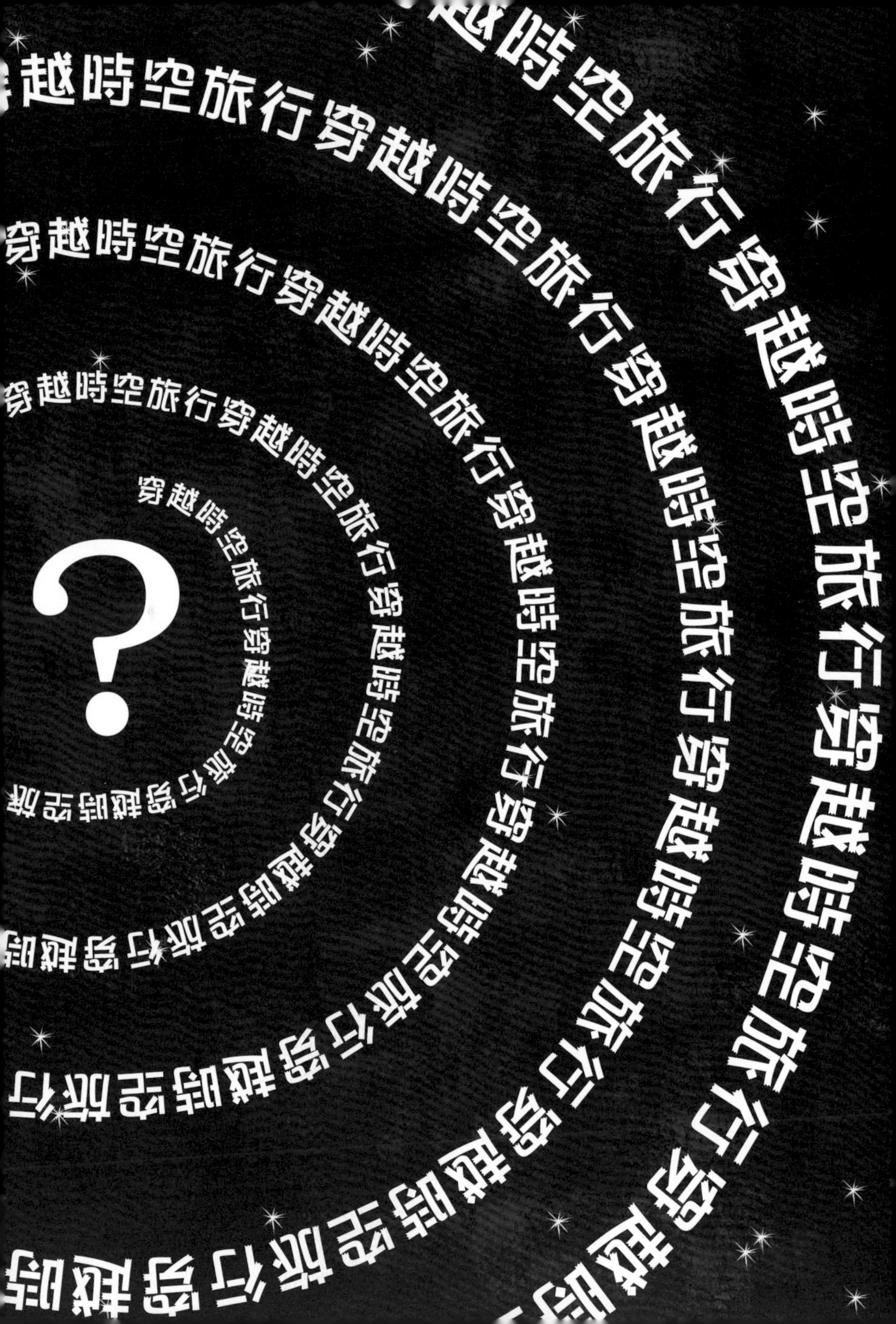
穿越時空旅行
?

伏特教授捋了捋鬍子，笑道：「這將會是一場意想不到的旅程！在穿越時空的旅程中，真是難以形容啊！野心勃勃……磨練勇氣……**險象環生**……自信滿滿……荊棘叢生……活潑愉快……風雨交加……充滿魅力……任性妄為……振奮鼠心……**古靈精怪**……一擲千金……天馬行空……考驗體力……**狀況不斷**……興高采烈……**極其榮耀**……美味可口……隨性灑脫……沾滿泥巴……與眾不同……**神秘莫測**……黏黏糊糊……令鼠作嘔……**臭氣熏天**……跳着蝨子……強健體魄……**無比珍貴**……光芒四射……孤注一擲……吱吱喳喳……嬉笑打罵……心血來潮……時而落淚……時而歎息……時而大笑……精彩絕倫……**困難重重**……幽默搞笑……令你反胃……令你疲憊……轟動世界……跌宕起伏……煎熬鼠心……富有意義……**騰雲駕霧**……頭暈目眩……活力滿滿……總之，你們準備好再次出發了嗎？」

112

我們異口同聲
歡呼道：
「下一場
穿越時空之旅
萬歲！」

歷史由我們創造！

親愛的朋友，我要告訴你一個秘密。

在剛剛過去的幾場時光旅行中，我參觀了金碧輝煌的王宮。而且，我見到了王子和公主、國王和王后，我甚至還和太陽王本人談話呢！

不過，我也結識了很多身份普通的老鼠，比如說農民、工匠，甚至奴隸！

我們成為了朋友，分享食物，分享彼此的喜悅和憂愁。

他們每隻老鼠都有自己的故事，共同譜寫了大家的歷史！

我還發現，當我們遇到困難時，只要和朋友一起面對，團結起來，也可以形成強大的力量，扭轉事情的局面，我們甚至可以改變世界！你知道為什麼嗎？

因為明天的歷史，正是我們在和平美好的今天，在日復一日相互幫扶的生活中親筆書寫的……

歷史由我們創造！

歐洲貴族的打扮

你喜歡歐洲貴族男士的服飾打扮嗎？請把你的照片或者朋友的照片貼在下面的頭像位置看看吧！

你喜歡歐洲貴族婦女的服飾打扮嗎？請把你的照片或者朋友的照片貼在下面的頭像位置看看吧！

皇家草莓甜點杯

材料（4人份）
- 2小盒草莓
- 香草粉適量
- 蔗糖100克
- 鮮忌廉100克

需時15分鐘

冰箱內靜置2小時

小朋友，可以請大人幫忙一起做！

① 把草莓浸泡洗淨，並摘掉草莓上的葉子。

② 把草莓對半切開，放在大碗裏備用。

③ 在大碗裏放入蔗糖和香草粉，攪拌均勻，之後將混合好的粉末撒在草莓上。

4 用保鮮紙封住在裝有草莓的大碗。

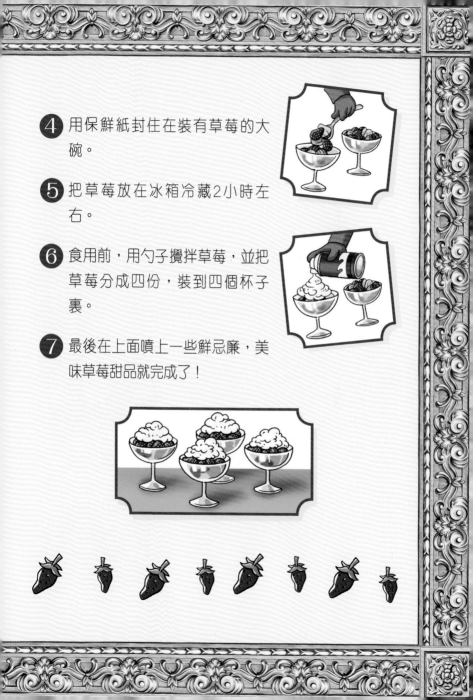

5 把草莓放在冰箱冷藏2小時左右。

6 食用前，用勺子攪拌草莓，並把草莓分成四份，裝到四個杯子裏。

7 最後在上面噴上一些鮮忌廉，美味草莓甜品就完成了！

太陽王的指環

1 用尺子在卡紙上畫出兩個長8厘米、寬3厘米的長方形。

2 用剪刀剪下這兩個長方形。

3 用水輕輕噴濕其中一個長方形，沿着長邊將它捲起來。

4 把它纏在手指上，量度出最合適的尺寸後，將多餘的部分剪下來，並用漿糊黏住指環的兩端。

5 將另一個長方形用水打濕，重複步驟3，不過這次將它捲成蝸牛殼的形狀，並用漿糊筆黏貼定型。

6 將指環和蝸牛殼塗上金色廣告彩，等待顏料乾透。

7 將蝸牛殼黏在指環上，再把彩珠黏在蝸牛殼上，太陽王的指環就做好了！

凡爾賽花園迷宮

謝利連摩在凡爾賽宮的花園裏迷路了，請幫助他找出正確的路線走出迷宮吧！

起點

終點

我們即將再次展開穿越時空之旅……
一起去探索瑪雅文明，
這真是一場緊張刺激的冒險，
以一千塊莫澤雷勒乳酪的名義發誓！

全新的目的地，我們來了！

　　我們登上時光球，整裝待發。班哲文滿臉笑容地看着我，問：「叔叔，我們去哪個歷史時期？」

　　我思考了一下，然後回答道：「我倒是有一個心願，我想去探索瑪雅文明的奧秘。**你們覺得怎麼樣？**」

　　班哲文看了看菲和賴皮，他們齊聲歡呼道：「多麼不同凡響的主意！」

　　於是，我在超能腕錶Z*上設定好目的地，時光球開始

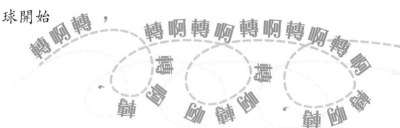

轉啊轉，轉啊轉啊轉啊轉啊轉啊

將我們帶到遙遠的時空之中⋯⋯

＊超能腕錶Z是一款功能強大的電腦，伏特教授把它設計成體積輕便，可以佩戴在手腕上。它會給我們提供不同歷史時期的資訊。

時光機開始震動，轉得越來越……

越來越快越來越快越來越快越……

越快越來越快越來越快越來越快越……

越來越快越來越快越來越快越……

越快越來越快越來越快越……

越快越……

瑪雅的寶藏⋯⋯

時光球的艙門打開，我們從裏頭狼狽地滾出來。

滾啊滾，滾啊滾，滾啊滾，滾啊滾。

我們趕快換上瑪雅文明時期的衣服，然後把時光球藏好。我看了看超能腕錶的信息提示：「我們來到了**猶卡敦半島**上的**熱帶雨林**！在這裏，瑪雅居民能找到**果子**作為食物，搭建棚子的**木材**，可供食用的**動物**，製作衣服的**植物**，還有治療疾病的**草藥**。

對瑪雅鼠來說，雨林就是生命的象徵！

「瑪雅鼠尊重自然，他們認為**大自然**才是最珍貴的寶藏。雨林裏生活着各種各樣的動物與植物，其中……」我一邊讀着腕錶上的信息，一邊想找個地方坐下來，結果卻**坐到了**巨嘴鳥

臭烘烘的**大便** 上！

好臭啊！

我尖聲叫道：「可惡的巨嘴鳥！」

好臭啊……

探索
猶卡敦半島

猶卡敦是中美洲的一座半島，它位於墨西哥灣和加勒比海之間，佔地面積很廣闊。

瑪雅人住在島上，他們的文明在幾世紀內的時間裏不斷發展，走向繁榮。

猶卡敦半島的海岸線光禿而平緩，島中地區則山巒綿延、雨林密布。

猶卡敦半島上還穿梭着若干條短短的河流。島上氣候為熱帶氣候，天氣炎熱且濕度高，每年降雨量高達 2,000 毫米。

猶卡敦這個名字其實來自很早之前的一個誤會。那一天，西班牙人向當地土著詢問他們居住的土地叫什麼名字。土著回答説：「猶卡敦（Ciu-ca-than）！」這句話的意思是「我們沒聽懂你們説了什麼！」從那時起，西班牙人就把這塊土地稱為「猶卡敦」！

考古發現

　　在猶卡敦半島上，瑪雅文明留下了不少遺跡，包括：廟宇、公共建築、著名的平頂金字塔等等。

熱帶雨林

嗚呀呀呀呀呀呀呀！

熱帶雨林
1. 人心果
2. 巨嘴鳥
3. 鳳尾綠咬鵑
4. 紅尾蚺
5. 謝利連摩·史提頓

6. 捧心蘭
7. 貘
8. 美洲豹
9. 奇唇蘭
10. 蜘蛛猴
11. 藤本植物

瑪雅服飾

　　瑪雅男性習慣在胯部纏上布條，肩上披着披風。
晚上的時候他們會把披風當作
被子蓋在身上。

　　瑪雅男性用閃閃發光的小
塊黑曜岩裝飾頭髮（這種岩石
十分堅硬呢！），但他們頭頂
的頭髮卻被剃得清光。

　　瑪雅男性非常喜歡紋身。
他們用削尖的骨頭刺穿皮膚，
讓彩色顏料滲透進去。

　　瑪雅女性一般穿着直筒
裙，會露出胳膊，再在腰部上搭配
一條彩色的圍巾。

士兵

男貴族

農夫

小男孩

古怪的習俗

　　瑪雅男性和女性都會在耳垂上打洞。他們會把耳洞逐漸撐大，直到能夠掛上雞蛋般大的耳飾！此外，他們還會在左鼻孔打洞，串入黃玉飾品。

　　瑪雅鼠認為扁頭和斜眼是當時美麗的特徵。

　　年輕人習慣把身體塗成紅色，老年人則塗成黑色。在祭祀活動中，瑪雅人會把身體塗成藍色。

女貴族　　農婦　　小女孩

犰狳

我漂亮的白色下衣變得髒兮兮的，都是這坨**巨嘴鳥大便**的錯！更糟的是，我根本沒有帶換洗的衣服！

我只好硬着頭皮在熱帶雨林裏**往前走**，渾身散發着「**香噴噴**」的味道……

香蕉

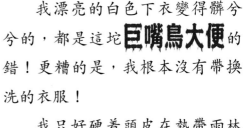

我繼續在腕錶上搜索信息：「瑪雅鼠不使用硬幣，他們使用**玉石**、**鹽**、**可可樹**的種子進行商品交換。當時，用四顆可可樹的種子能買到一個南瓜，十顆則能買到一隻兔子，要是你有一百顆……那就能買到一個奴隸。」

黃菀

木材

聽到這裏，菲搖了搖頭，歎氣道：「這裏也有奴隸？真是太可恥了！」

來自美洲的植物

發現美洲大陸後，殖民者和傳教士把那裏不為人知的植物帶到了歐洲，其中包括可可、咖啡、馬鈴薯、玉米、菜豆、辣椒、番茄、木瓜、牛油果、菠蘿甚至……口香糖！瑪雅人榨取人心果樹脂，用它來製作口香糖。

可可

人心果
(可製作口香糖)

玉石

劍麻

我們在雨林裏繼續行進，一直走着走着，可是**奇琴伊察**——瑪雅文明時期的大城市，還是沒有出現！

這時，菲建議說：「誰能**爬到樹上**在高處確定一下方向？我在地面仔細觀察。」

賴皮歎了口氣：「對呀……是該找一隻老鼠**爬上去**看看。不過，我可不行，我還要找食材準備早餐呢！」

誰能爬到樹上瞧一瞧呢？

班哲文自告奮勇：「**我來爬樹吧！**」

菲和賴皮卻搖了搖頭，說：「你個子太矮小了，我們需要一隻成年鼠，比如說……」

說着，他們齊刷刷轉身，直勾勾盯着我。

我的臉色變得慘白。

我結結巴巴地說：「**我不行……不行…… 我可不行啊…… 我爬不了樹，我有畏高症啊！**」

菲把我推向一棵**高高高高高高極了**的樹，叮囑我說：「你別往下看就不會出事！懂嗎？

我企圖偷偷溜走……

賴皮一把揪住我的尾巴：「你在打什麼鬼主意，表哥？？？你不會是想**逃跑**吧？」

143

班哲文再次建議：「叔叔，我可以替你爬樹的，如果你願意的話！」

我摸了摸他的小耳朵：「謝謝你，我**心愛** ♥ 的小傢伙，不過我決定還是自己去爬。」

獲得勇氣的秘訣
在於……
正視和面對
自己的恐懼！

我深吸一口氣，為自己鼓勁。

向上爬……

向上爬……

開始向上爬……

然後，

爬了一段時間後，我向下看了一眼……便開始頭暈目眩了！

我給自己**打氣**，不停唸叨着：

「我做得到的！我做得到的！我做得到的！我做得到的！」

最終，我爬到樹頂，遠遠望見了……

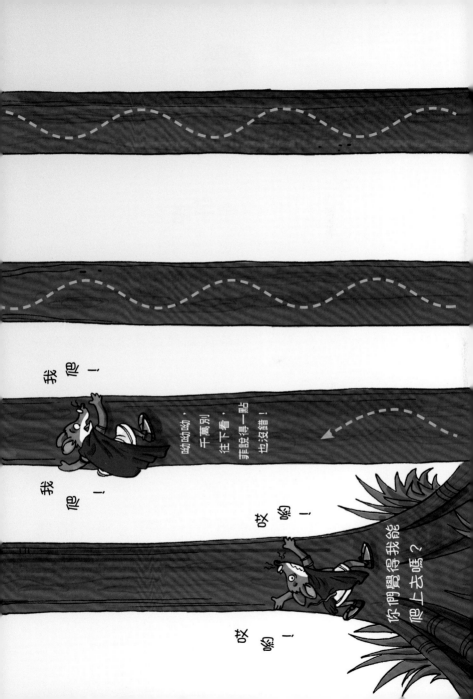

與美洲豹不期而遇!

我遠遠望見了瑪雅**金字塔**!

我剛從樹上爬下來,菲和班哲文就抱住了我,誇獎道:「**做得好,謝利連摩!**」

賴皮抽動幾下鼻子,嫉妒地說道:「喂,別忘了你剛才有多害怕,你臉色就像是莫澤雷勒乳酪一樣**慘白**……」

菲為我感到驕傲:

「能夠戰勝恐懼的人才是真正的勇士!

謝利連摩,你是勇士中的勇士,因為你明明**怕得要死**,卻還是選擇爬了上去!」

隨後,我們打算吃早餐,休息一會。我們的肚子早就餓得咕咕叫了!

賴皮把生好了⋯⋯

正在這時，**幽暗**的雨林中傳來一聲淒慘的尖叫！

緊接着，我們聽見野獸的咆哮聲：

ᒋ啩啩啩！！！

我馬上抄起一根冒着火星的樹枝戒備起來。

我**躡手躡腳**向前走着，然後發現⋯⋯樹上有一個男孩和一個女孩爬着！

在樹下，有一隻兇惡的 **美洲豹** 在追捕他們，等着飽餐一頓！

牠發出 **兇猛的** 吼聲，把尖牙磨得咯咯作響。

牠亮出爪子，抓住樹幹⋯⋯似乎打算 **爬上去**！

那兩個孩子 **恐懼不已**，叫得越發淒慘。

只見那男孩怕他的妹妹受到傷害，於是把她緊緊攬在懷中。

我
　毫
　　不
　　　遲
　　　　疑，

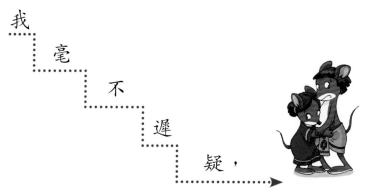

朝着那隻美洲豹衝過去。我揮舞着 **燃着火光的樹枝**，放聲大叫起來。

菲找來布滿 **尖刺** 的樹枝，賴皮則拾起一塊 **三**

大而銳利的石頭揮舞着。

班哲文用力扔了兩塊石頭，想製造出一些**聲響**，把牠嚇跑。

美洲豹隨即把樹上的孩子拋到腦後，**轉過身**面對我們。

牠惡狠狠地盯着我們，把匕首一樣鋒利的牙齒咬得嘎嘣響，然後牠張開血盆大口，你甚至能看見牠的**喉嚨吊鐘**！

吼吼吼吼吼吼吼吼！！！

接着，美洲豹像閃電一樣出擊的前爪……狠狠地抓了我的尾巴！吱吱吱！！！

我尖叫起來：「不要抓我的尾巴啊！」

不要抓我的尾巴啊！

於是，我對着牠的臉揮動起**燃燒着**的樹枝，差點燒到了牠的鬍鬚！

滾開！

和其他野獸一樣，這隻美洲豹也懼怕 🔥 ，飛快地逃掉了。我興奮地叫起來：「太好了！」

　　確認那猛獸徹底消失不見後，我才來到那兩個孩子身邊。這時，他們已經從樹上下來了。

太好了！

謝謝你拯救了我們！

別害怕！

153

「你們好，我的名字是……呃，謝利連摩克·史提頓納克。」

那男孩微笑道：「我叫**桃普樂**，這是我的妹妹**伊可絲**。謝謝你拯救了我們，外來鼠！不過……你的尾巴受傷了！請到我們家去吧，我的媽媽**丹**會用**草藥**為你處理傷口，而我的爸爸**桃桃鼠**見到你們一定會很開心的！」

我們緊跟着這兩個小傢伙的腳步向前走，直到走出茂密的**雨林**，四周突然變得開闊明亮，一番壯麗的景象出現在我們眼前。

那壯麗的景色真是讓鼠震慄！！！

154

我**激動地**喊道：

「**奇琴伊察**！」

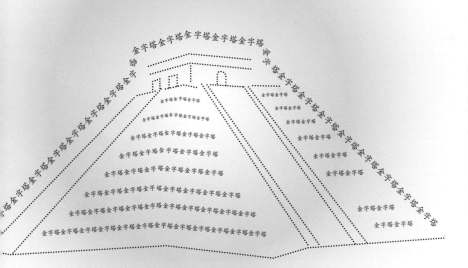

探索美洲大陸

墨西哥

② 阿茲特克

猶卡敦半島

① 聖薩爾瓦多

危地馬拉

大西洋

瑪雅人生活在
奇琴伊察和
危地馬拉!

南美洲

印加帝國

③

太平洋

哥倫布的船隊——來自歐洲探險家

發現美洲新大陸

① 哥倫布（他在1492年登陸聖薩爾瓦多，那時他還不知道他來到的其實是美洲大陸）。

② 埃爾南·科爾特斯（他在1521年征服了阿茲特克人）。

③ 法蘭西斯克·皮澤羅（他在1533年征服了印加帝國）。

偉大的
前哥倫布時期文明

前哥倫布時期文明是指哥倫布發現美洲大陸之前，在中南美洲發展起來的文明。

☼ 在公元前2000年，奧爾梅克文明和瑪雅文明發展起來，之後又出現了托爾特克文明和阿茲特克文明。

☼ 大約在公元後1000年，印加人來到了秘魯。

神秘的瑪雅人

瑪雅人生活在危地馬拉和墨西哥的猶卡敦半島上。瑪雅人的社會階層分為貴族、祭司、農民。瑪雅人沒有首都，他們居住在各個城邦中，比如奇琴伊察、蒂卡爾、科潘、帕倫克和烏斯馬爾。

勇敢的 阿茲特克武士

阿茲特克人的首都是特諾奇提特蘭，遺址位於現今墨西哥城的地下。阿茲特克人曾經佔領了墨西哥州周邊的土地，不過他們後來被科爾特斯征服。科爾特斯囚禁了他們的君主蒙特蘇馬二世。

蒙特蘇馬二世

不幸的印加人

印加人居住在秘魯的庫斯科。「印加 Inca」的意思是「太陽之子」，這是因為印加人崇拜太陽神。印加人被西班牙人皮澤洛奴役，不得不在銀礦裏做苦工。

哥倫布的航海冒險

基斯杜化·哥倫布

基斯杜化·哥倫布（1451年-1506年）從西班牙女王那裏獲贈三艘帆船（《尼尼亞號》、《平塔號》和《聖瑪利亞號》），希望能夠抵達印度。1492年10月12日，他來到一座叫做「聖薩爾瓦多」的巴哈馬小島，他根本沒意識到自己到達的是一片全新的大陸！

這片新大陸叫做⋯⋯

　　1499年到1502年，航海家亞美利哥‧韋斯普奇對南美洲進行了考察。為了紀念他，人們把這片新大陸起名為「美洲」。

　　不幸的是，在哥倫布發現新大陸之後，歐洲的君主紛紛將他們厚顏無恥的部下（這些人被稱為「征服者」）送往美洲。

　　這些「征服者」從美洲原住民（瑪雅人、阿茲特克人、印加人）手中奪取金銀財寶，並把他們當成奴隸使用。當地的藝術珍寶遭到毀滅性的破壞，因此美洲原住民的文明至今仍是個謎！

歡迎來到奇琴伊察！

我們來到了**奇琴伊察**，瑪雅最大的城市！

落日餘暉把天空**染成了金色**，一座雄偉的金字塔拔地而起。這座金字塔沐浴在陽光下，閃閃發光，彷彿是一塊巨大無比的金子。

石牆將整座城市保護起來，城裏散落着很多、很多、很多的**棚屋**，屋頂以**茅草**搭建而成的。

桃普樂和伊可絲把我們帶到一間木棚屋前，然後大聲呼喊：「爸爸，媽媽！」

隨即，兩隻瑪雅鼠從房子裏跑出來。

桃普樂講述起剛才的經過：「我們被一隻**美洲豹**追着跑，幸好這隻外來鼠**救了我們！**」

孩子們的爸爸，桃桃鼠突然「撲通」跪在我面前，說：「謝謝你救了我的孩子們，勇敢的外來鼠！

164

你想要什麼，我都給你！」

　　我對他微笑道：「能幫助到你的孩子們，我很**開心**。你不欠我任何東西。」

　　桃桃鼠激動地站起身，媽媽丹則抱着孩子們哭個不停。

　　然後，這些瑪雅鼠激動地對我們說道：「歡迎來到**奇琴伊察**！」

瑪雅之家

桃桃鼠滿臉歉意地說道：「我們只是貧窮的**農民鼠**，我們的房子只是一間簡陋的棚屋，我們平時吃的也只是粗茶淡飯。不過，我們十分樂意把擁有的一切都獻給你們！**我們的家就是你們的家！**」

這間棚屋不是很寬敞，在壓平的泥土地上鋪了草蓆。

瑪雅鼠住的房子

屋子的角落裏擺放着一籃子**曬乾的菜豆**、一堆**熟透的木瓜**和一罐蜂蜜。

瑪雅鼠養的蜜蜂十分特殊，牠們沒有**蜂針**！

瑪雅鼠養的蜜蜂

166

桃桃鼠堅持道：「請你們留下來過夜！我們為你們準備了特別的晚餐！」

只見住在附近棚屋的村民也紛紛趕過來，每個村民都端着不同的食物，包括：玉米餅、黑豆糕、烤紅薯、燉南瓜、香辣鬣蜥*、狨猻**肉丁、烤野兔、煙熏紅尾蚺、香蕉甜品。

賴皮高聲說：「拜託各位，一定要表現得正常一點！尤其是你，謝利連摩，你從小就有點……

古怪！」

說完，他彈了彈我的尾巴。賴皮總是對我開玩笑！

我裝作沒感覺，心裏卻有些惱火。

＊鬣蜥：粵音獵式
＊＊狨猻：粵音求余

吃晚餐的時候，桃桃鼠向我們講述了一個有關傳説。

故事的情節精彩絕倫，我們所有鼠靜靜地聽着，沉浸在他的故事裏……

就連平時喜歡插科打諢的賴皮也專心地聽着。

啊，世界上所有民族的傳説和神話
都乘着想像的翅膀高飛，
這句話説得對極了！

我聽得入神，漫不經心地抓起一隻裝着紅色液體的碗。

以一千塊莫澤雷勒乳酪發誓，我要是知道裏面裝的是什麼東西，我才不會把它一口吞掉！

瑪雅太陽神的傳說

　　傳說中的太陽神，白日裏從天空的東方穿越到天空的西方，到了晚上則會變成一隻美洲豹！

　　變成美洲豹的太陽神在夜裏捕殺邪惡的靈魂……天剛亮，就會再次變成白日裏那位品行高尚、戰無不勝的太陽神！

當時，我以為這是一碗番茄汁，然後喝了一大口，結果……

　　我的**眼球**被嗆得**滴溜溜地轉**……

　　舌頭上着了火……

　　耳朵裏冒了煙！

　　孩子們的媽媽驚叫道：「當心啊，外來鼠！

那碗是辣椒水啊！」

但是，她的警告已經太遲了⋯⋯咕吱吱吱吱！

最後一位做客的老鼠離開後，我們在草蓆上躺了下來，蓋上**五彩繽紛**的被子，然後沉沉睡去。雖然我的身體疲憊，但是心裏舒坦。

多麼充實的一天啊！

瑪雅村莊的清晨

到了第二天，**清晨**四時，我醒來了。孩子們的媽媽，丹早已起牀正在造玉米餅。她生了火，在揉麵團，然後在熱石上擀成麵餅。

我站在她身旁，仔細觀察着，麵團漸漸散發出淡淡的香味，看上去就很美味！

生火……

揉麵團……

然後在熱石上擀成麵餅！

174

玉米

瑪雅人把玉米曬乾，之後剝掉外皮，放在灰裏加熱，最後再利用石磨把玉米粒磨成粉末。瑪雅人用玉米麵團製作沒有發酵的烤餅。玉米是瑪雅人的主要食糧。

桃桃鼠宣布道：「今天是瑪雅的**春節**，我們可以進城逛一逛！你們知道嗎？奇琴伊察是一座『**聖城**』，只有祭司才能住在城裏，像我們這樣的農民鼠只有在特別的日子才能進城一趟呢！」

在城裏閒逛的時候，我發現了很多**匠鼠**在擺賣。

瑪雅人不會冶煉金屬，他們使用的所有器具，例如刮鬍刀、鏡子、小刀等都是用**黑曜石**——一種非常堅硬的石頭做成的！

有些瑪雅婦女在織布，並在布匹上添加彩色的花紋。此外，她們還會從龍舌蘭屬植物中提取可以當作紡織纖維的劍麻，並用它製作**草蓆**。

在這些攤販中逛來逛去，實在太有趣了！我們可以從中了解到瑪雅時代鼠民當時的日常生活！

瑪雅織布機

瑪雅時代的鼠民很熱情，充滿活力。不管我把**目光**投向何處，都會看到一些色彩繽紛的產品。

只見其中一個攤檔上擺放着一頂精美的帽子，帽子上插着**絢麗多彩**的羽毛裝飾。帽子旁邊擺放着漂亮的花瓶，上面的圖案同樣顏色鮮豔奪目。

啊，瑪雅鼠的生活展現出各種民間藝術，真是多姿多采啊！

POP

UO

ZIP

ZOTZ'

KANKIN

MUAN

瑪雅曆法

　　這十九個符號代表的是組成瑪雅曆法的十九個部分，其中十八個代表月份，每月有二十天，最後的符號代表一年中剩下的五天。瑪雅人懼怕這最後的五天，他們認為這五天很不吉利！POP是每年的第一個月，大約對應的是現代曆法中的7月份。

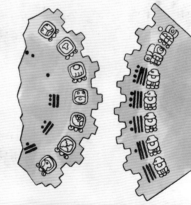

PAX

KAYAB

CUMKU

UAYEB

TZEC

XUL

YAXKIN

時間觀念

下面這首優美的瑪雅古詩講述的是「時間」：

「時間既沒有頭，也沒有尾，
而永恆是無時不在的瞬間。
我們的生命夾在兩個永恆中間：
我們身前的，永恆……
我們身後的，永恆！」

MOL

瑪雅數字由橫線和圓點組成，而「零」就像貝殼。

CH'EN

YAX

MAC

CEH

ZAC

蒸氣浴

　　桃桃鼠帶我們來到一個石房子前。這個房子看上去就像是烤薄餅的窰洞。

　　「按照瑪雅的習俗，參觀『聖城』之前，必須先在蒸氣浴中清潔身體，從而淨化我們的靈魂。」

　　他把五粒可可種子遞到一位祭司手中。祭司熱情地自我介紹道：「我叫普克，是蒸氣房的主管！」

我們脫掉自己的衣服，換上了白色的浴袍，低頭彎腰穿過入口的矮門，來到火爐一樣熱氣騰騰的屋子裏。普克解釋道：「房門修建得很低矮，是為了讓我們學會的美德，從而淨化靈魂、獲得智慧！」

普克在熱石上灑了一些**科巴脂**（一種可以當作熏香使用的樹脂），石頭上升起了一團芬芳的蒸氣。然後，他就把門關上了，剩下我們在屋子裏，沉浸在一片**漆黑**之中。

　　普克在屋外繼續解釋道：「蒸氣會對皮膚的毛孔進行深度清潔，身體中的**毒素**——也就是體內產生的廢物，會通過汗液排出。」

　　我覺得這種蒸氣浴就像現代的**桑拿浴**啊！

　　不久，我們聽到普克咕噥着說：「你們在**蒸氣**形成的霧團中看到了哪種圖案？讓我來猜猜你們的性格！」

　　菲看到了**展翅高飛的雄鷹**。普克評論道：「這是權力的象徵，說明你是一隻野心勃勃、強勢而果斷的老鼠！」

　　班哲文看到了一顆**愛心**。普克微笑道：「這說明你善解『鼠』意！」

　　賴皮看到的是一塊**香瓜**。普克哈哈笑道：「你是一隻看重物質生活的老鼠！」

　　而我看到的只是一朵**雲朵**。

你們在蒸氣形成的霧氣中看到了哪種圖案？

讓我來猜猜你們的性格！

展翅高飛的雄鷹是權力的象徵

如果你看到一顆愛心，

那說明你善解「卵」意！

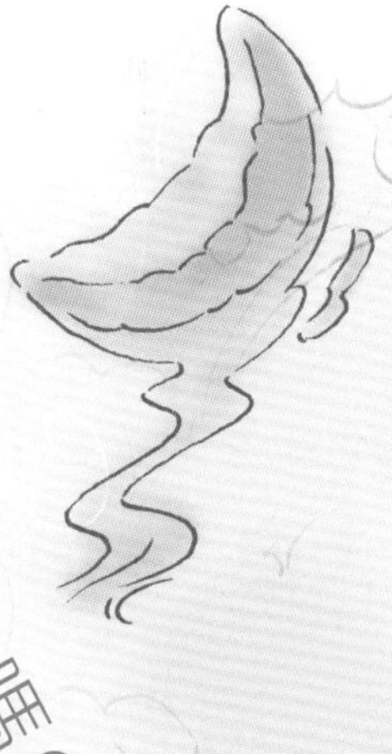

……只是一朵雲朵罷？？？？

普克眼睛裏放出驚奇的光：「只是一朵雲彩？真的嗎？**這是一個好預兆！**說不定馬上就會下雨了！」

我們告別了普克，從

蒸氣房

裏鑽出來，換上了自己的衣服。

我感歎道：「啊，真舒服，我的身體好乾淨啊！我特別愛乾……」

就在這時，我大頭朝下摔在巨嘴鳥臭烘烘的

大便 上！

這股可怕的臭味啊！

我尖聲叫道：「嘩啊！可惡的巨嘴鳥！」

我想清洗一下身體（我這隻文化鼠，特別愛乾淨），但是我們時間不多，不能返回 **蒸氣房**。我只好繼續往前走。

以一千塊莫澤雷勒乳酪發誓，為什麼巨嘴鳥偏偏和我過不去？？？

生命的顏色，戰爭的顏色，神靈的顏色

我在城內四處遊覽，周圍的景象使我驚奇不已。

瑪雅古建築原來是**五彩繽紛**的，這一點真是出乎意料！

瑪雅的色彩

藍色：從礦物中提取而來，是神靈的象徵。在祭祀活動中，瑪雅人會把身體塗成藍色。

黑色：從煤炭中得到，是戰爭的象徵，因為作戰時的弓箭是黑色的。

黃色：從鐵礦中提取而來，是食物的象徵，因為這是玉米的顏色。

紅色：生命的象徵。可以從堅果、貝殼中提取而來，也可以從七星瓢蟲的翅膀中提取而來！

奇琴伊察地圖

奇琴伊察的瑪雅語意思是「伊察人的井口」。公元後900年到1100年，奇琴伊察作為中心城市，容納的人口總數超過50萬，它同時也是當時世界上最重要的城市！

1. 千柱廣場
2. 武士神廟
3. 卡斯蒂略金字塔
4. 金星祭壇
5. 球場

6. 美洲豹神廟
7. 天文台
8. 阿卡布茲布神廟
9. 蒸氣浴室
10. 獻祭之井

奇契伊察的建築

千柱廣場

美洲豹神廟

阿卡布茲布
神廟

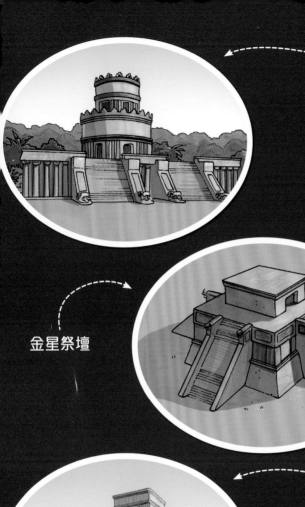

天文台

金星祭壇

卡斯蒂略
金字塔

我們走進一處開闊的廣場，那裏有一個熱鬧的市集。

　　桃桃鼠說道：「這就是**無與倫比**的**卡斯蒂略金字塔**！往那邊看，在你們面前的是**金星祭壇**。祭壇上會進行聖舞表演，那邊的**阿卡布茲布神廟**則用來收藏**聖書**！」

瑪雅之書

瑪雅人閱讀的書籍是用象形文字（聖書體）寫成的，裏面還有小插畫。瑪雅人用攪碎的樹皮製作紙張，長長的紙頁會被折疊起來，看起來就像是手風琴的風箱。

後來，由於征服者大肆破壞瑪雅文明，只有三本瑪雅古書倖免於難！

緊接着，他帶我們**來到**了一座體育場：「現在我們來到的是**球場**！而那個建築呢，是美洲豹神廟，我們可以在那裏**觀看**比賽！在那邊的**天文台**裏我們可以研究星空的**奧秘**……」

　　桃桃鼠歇了口氣，然後指着遠處的**柱廊**繼續介紹説：「這個是千柱廣場，那個是武士神廟——我們的軍事中心。接下來，我們來逛逛**市集**吧……」

奇琴伊察
的市集

瑪雅球賽！

我們從市集出來，來到**球場**。球場被高高的石牆圍起來，它長達 165 米、寬達 68 米！咕吱吱！這裏真是一個**很大型**、**非常寬廣**的球場呀！

桃桃鼠小聲介紹道：「我把你們帶到這裏，是為了觀看**瑪雅球賽**，這可是一項**神聖的運動**！我們把這種運動稱為『波塔波』（Pok-Ta-Pok），這很像橡膠球彈來彈去時發出的聲音！」

只見球員在場上四處移動，**身手靈活**，步履

輕盈，但是他們的擊球都充滿力量。

這項運動看來類似籃球，卻比籃球更難，這是因為橡膠球●必須穿過一個**石環**才能得分，然而那石環窄極了！➡

194

瑪雅球賽「波塔波」怎麼玩？

每支隊伍由七名運動員組成，兩隊鬥快把橡膠球投入石環中，一球定勝負。不過，想要得分並不容易；首先是因為石環非常窄，而且設置在極高的位置，其次是因為比賽中所有的運動員都不能用手接觸球，只能用身體、肘部、膝蓋或頭部接觸球！到底瑪雅人是如何做到的？這真是一個大謎團！

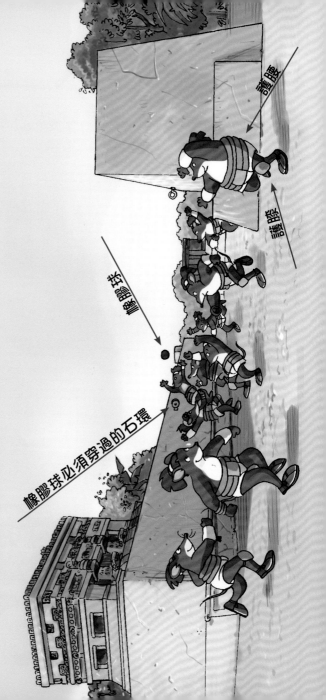

護腰

護膝

橡膠球

橡膠球必須穿過的石環

呃，但我不會跳舞啊……

我們打算沿路返回市集去時，看到了一羣祭師正在準備進行祭祀。突然，其中一個祭司嚴屬地指着我說：「你！你，就是你！你你你！你要往哪裏去？現在輪到你跳舞了！」

聖舞

瑪雅舞者搖起銅鈴，揮舞扇子，翩翩起舞。為了召喚神靈，他們會連續舞蹈好幾個小時……誰要是踏錯了節拍或者提前終止舞蹈，那可會受到嚴厲的懲罰！

我試着解釋：「呃，但我不會跳舞啊……」

祭司嚴肅地催促着：「哼，那你也要跳起來！所有鼠都要一起跳聖舞！」

我嚇得臉色發白，不知所措。要知道跳舞可不是我的強項啊！我總是掌控不好節奏！每次菲強迫我和她跳華爾滋的時候，我總會踩到她的腳爪的！

可是，我並沒有別的選擇，只好跳上石頭砌成的舞台，加入到其他舞者之中，我踏上了金星祭壇！

卡斯蒂略金字塔　　金星祭壇

我和台上的舞者把身體從頭到腳都塗成了**藍色**，然後拿起一些傳統樂器如銅鈴或搖鼓等等。咕吱吱！我變成了隻藍色的鼠了！他們又遞給我一把綠色的羽毛扇。

以一千塊莫澤雷勒乳酪發誓，我感覺他們好像不是在開玩笑！我最怕出洋相了，我該怎麼辦呀？

為什麼，為什麼，為什麼我總會遇到這樣的突發狀況啊？

我裝出不在乎的樣子，試着模仿其他舞者的動作。

和瑪雅人一起舞蹈吧！

　　瑪雅人在舞蹈時，又怎能缺少熱鬧的音樂呢？小朋友，你也來一起製作一個沙槌，舞出熱鬧的音樂吧。

所需材料：

- 1個已洗淨的膠瓶
- 1小杯豆
- 1卷雙面膠紙
- 不同顏色的水筆
- 不同顏色的畫紙
- 1把剪刀
- 1-2條不同顏色的毛線

1 先把畫紙繞着膠瓶身，剪出所需的長度。

2 用畫紙繞着膠瓶，並用雙面膠紙貼好。然後，在畫紙上面畫出你喜歡的花紋，或是貼上一些不同形狀的圖案作裝飾。

3 接着，扭開瓶蓋，把豆放進膠瓶裏。

4 最後，在瓶口處纏上幾圈彩色的毛線，沙槌便完成了。

我仔細觀察着在旁的樂師，他們拿着黏土做的喇叭、骨頭做的笛子、龜殼做的響板和鼓，準備演奏樂曲。

　　而祭司則高高舉起一隻**海螺**，把它吹奏起來。

音樂起奏了，這表示着我們要開始**跳舞**了。

就在這時……**一陣風**把一大團蠓吹到我們頭上。牠們是被我身上的**臭味**吸引過來的！接着，蠓開始在我身上叮咬個不停！牠們叮腫了我的耳朵和臉蛋，甚至還鑽到我的鼻子、耳朵、嘴巴裏！

我整個鼠成為了蠓的大餐了！

我抽泣道：「我這個樣子**怎麼見人啊**！」

為了趕走這些蠓，我在祭台上瘋狂地跳起來，前前後後，上上下下，左左右右。

我跳得正起勁時，一腳踩到巨嘴鳥的**大便**，摔了一跤！**真臭啊！**

我尖聲叫道：「**可惡的巨嘴鳥！還有……可惡的蠓！！！！**」

201

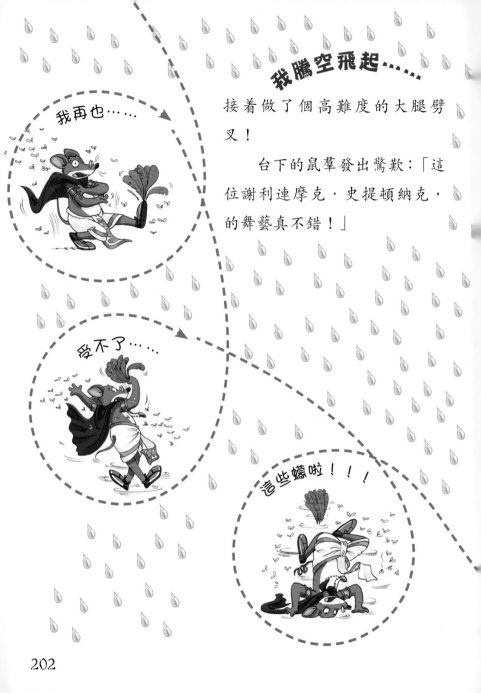

我再也……

我騰空飛起……

接着做了個高難度的大腿劈叉！

台下的鼠輩發出驚歎：「這位謝利連摩克·史提頓納克，的舞藝真不錯！」

受不了……

這些蟥啦！！！

我試着站起來，就在這時我聽見一聲奇怪的巨響，原來是**打雷了**！

一滴水打在我的臉蛋上……另一滴打在我的耳朵上……還有一滴打在我的鬍鬚上。

下雨了！

救命啊！

我要滑倒了！

哎呀呀！

巨嘴鳥的大便！

一滴雨……何嘗不是一種快樂！

　　瑪雅鼠們為我歡呼：「外來鼠，你那精彩絕倫的舞步得到了神靈的讚許，所以才下了這場雨！」

下雨了！太好了！

實際上，我覺得是因為天空中布滿了烏雲，所以才下起了雨！

不過，看到他們臉上的喜悦之情，我温柔地説道：「如果你們認為是這樣的話……那我很高興能幫上忙！」

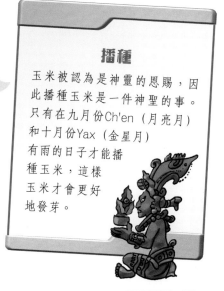

播種

玉米被認為是神靈的恩賜，因此播種玉米是一件神聖的事。只有在九月份Ch'en（月亮月）和十月份Yax（金星月）有雨的日子才能播種玉米，這樣玉米才會更好地發芽。

祭司舉起雙臂，莊嚴地呼喊道：「下雨吧，下雨吧，這正是播種 的季節！」

瑪雅鼠們一邊四散跑遠，一邊齊聲附和：

「這正是播種的季節！」

　　我抬起頭，讓清涼的雨滴劃過我的臉頰。

　　我想，**快樂**無處不在，它是饑餓時的**麵包**，寒冷時的**棉被**，孤單時的微笑，也可以是……大旱數月後的雨水！

祭司**彎下腰**，對我說：「外來鼠，請收下這份莫大的榮耀，請你登上金字塔，在那裏你會遇見我們的領袖——**庫庫爾坎** *！」

桃桃鼠歎了口氣：「能登上**金字塔**的確是莫大的**榮耀**！我也想登上去看看！如果我也能登上金字塔，我會把這個故事講給我的孩子，我的孩子會講給他的孩子，他的孩子又會講給他的孩子的孩子……就這樣一代一代又一代……第一代傳給第二代，第二代傳給第三代……」

我問桃桃鼠：「你想和我一起上去看看嗎？」

他激動得結巴起來：「**以一千根剝開的玉米棒發誓！**你讓我感到無比幸福！」

就這樣，我們沿着被**落日**染紅的金字塔向上攀登……

---

*庫庫爾坎 (Kukúlcan)：即羽蛇神，代表太陽，是瑪雅人膜拜的神明。

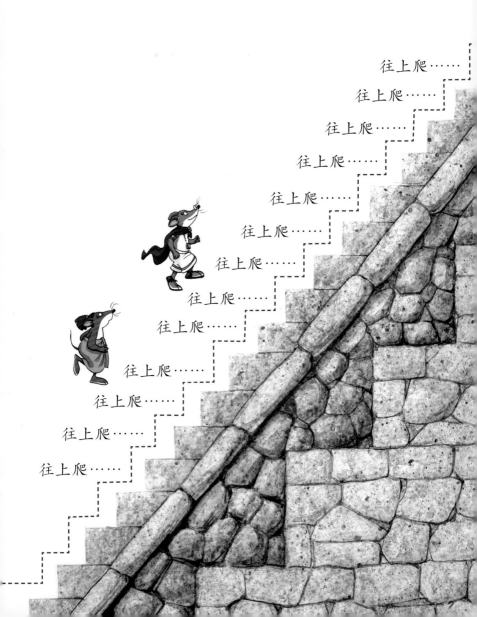

往上爬……
往上爬……
往上爬……
往上爬……
往上爬……
往上爬……
往上爬……
往上爬……
往上爬……
往上爬……
往上爬……
往上爬……
往上爬……

在金字塔的頂端，我見到了他們的領袖。

他在瑪雅人心中具有極其重要的地位，因為他是庫庫爾坎——羽蛇神在人間的化身！

他穿着珍貴的黃色長袍，上面點綴着黑色的飾品，腳上踏着金色的涼鞋……頭上還戴着綠色羽毛做成的頭飾。

他轉過身對我說：「外來鼠，你那奇怪的舞蹈為我們帶來了這場及時雨，你想要什麼作為回報？」

我激動地回答：「嗯，我想看看你們的書！」

他表示讚許地低下頭，指向遠處的阿卡布茲布神廟。

阿卡布茲布：機密藏書的神廟！

我深深鞠了一躬，然後從金字塔上走下來。

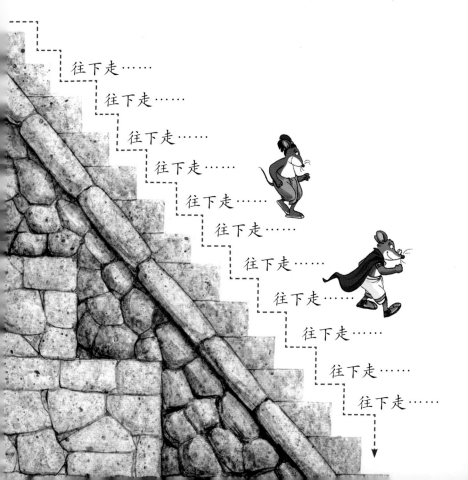

往下走……

往下走……

往下走……

往下走……

往下走……

往下走……

往下走……

往下走……

往下走……

往下走……

往下走……

桃桃鼠和祭司陪我們來到**阿卡布茲布神廟**。祭司給我們解釋道：「『**阿卡布茲布**』的意思是『**機密藏書**』。神廟裏的聖書記載了所有瑪雅鼠的智慧！」

這是多麼難得又珍貴的體驗啊！

我心滿意足地吸了一口氣，
我的夢想終於實現了！

我走進**神廟**，祭司向我指了指存放**成千上萬**本古書的地方。

我開始翻閱，**內心無法平靜**。

我打算用超能腕錶Z拍下這些古書，但就在這時……就在就在這時……就在就在就在這時

地震了！

216

賴皮尖叫道：「沒時間研究這些滿是灰塵的紙片了。我們必須馬上**再次啟程！**要是**時光球**在地震中遭到損壞，我們就會被困在這裏，直到永遠！」

我反對道：「什麼滿是灰塵的紙片……這些可是世上絕無僅有的古書！」

時光球

菲跟着尖叫道：「*你別囉嗦了！*」

班哲文拽住我的尾巴：「求你了，親愛的叔叔！我們快點出發吧，我很**害怕！**」

雖然我的鬍鬚還在激動地顫抖，但是我冷靜地想了想：**我的**生命算不上什麼……但是我絕不能賭上**朋友們的**性命！

我渴望解開瑪雅人的謎團……但是朋友們的性命比這更重要！

217

我激動地握住桃桃鼠的手爪，說：「我們馬上就要**離開**這裏了，不過我們總有一天會回來的。我珍貴的朋友！」

　　大地還在不停地震動，雨水沖散了我身上的**藍色顏料**。

謝謝你！

……珍貴的朋友！

神秘的獻祭之井！

時間已來到晚上，夜幕降臨。

我們一路小跑，離開奇琴伊察，途中經過一口深不見底的水井——獻祭之井！

我急步上前查看，趕緊往裏瞟了一眼。

只見水井深處閃爍着銀白的月光，獻給查克穆爾的活人祭品就被扔到這個井裏！

我打了個冷顫。

太可怕了！

淡水井

瑪雅人選擇在天然的淡水井附近建城，後來這些水井被西班牙人叫做「天然井」。天然井通常有好幾十米深，獻給雨神查克穆爾的活人祭品會被丟入井中。

瑪雅人使用活人獻祭，借此敬奉他們的神靈。

賴皮尖叫道：「快點，表哥，別浪費時間了，如果你還想活命的話！」

　　我們把奇琴伊察拋在身後，鑽到茂密的**熱帶雨林**中。

　　地面**震動**得越來越劇烈！

　　我們找到了**時光球**。幸好，它並沒有在地震中受損！

再次啟程！

登上時光球，我們長舒了一口氣，我們做到了，我們得救了！

我看了看班哲文，他臉上露出幸福的微笑。看來他還沉浸在和瑪雅鼠度過的美妙時光中，早就把剛才的險境忘得一乾二淨。

我趁機說道：「回家之前，你們還想跳進到一個全新的歷史時期嗎？」

菲、賴皮、班哲文哈哈大笑起來。我的妹妹感歎道：「親愛的哥哥，你不會也愛上了這場穿越時空之旅吧！」

班哲文眼裏閃爍着幸福的光芒，插嘴道：「哦，叔叔，我很樂意繼續這場旅程……」

我歡呼道：「那好！接下來我們將前往一個全新的目的地，不過這次我要讓你們大吃一驚！」

就這樣，我們各就各位，繫好安全帶。我設置好超能腕錶Z，時光球開始轉啊轉，轉啊轉，轉啊轉，

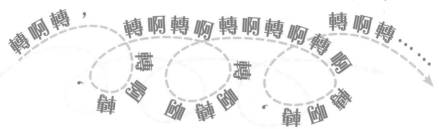

另一場冒險之旅等待着我們。不過，親愛的鼠迷朋友們，這將是一個足以讓你的鬍子激動得飛起來的全新故事，**我以老鼠的名譽發誓！**

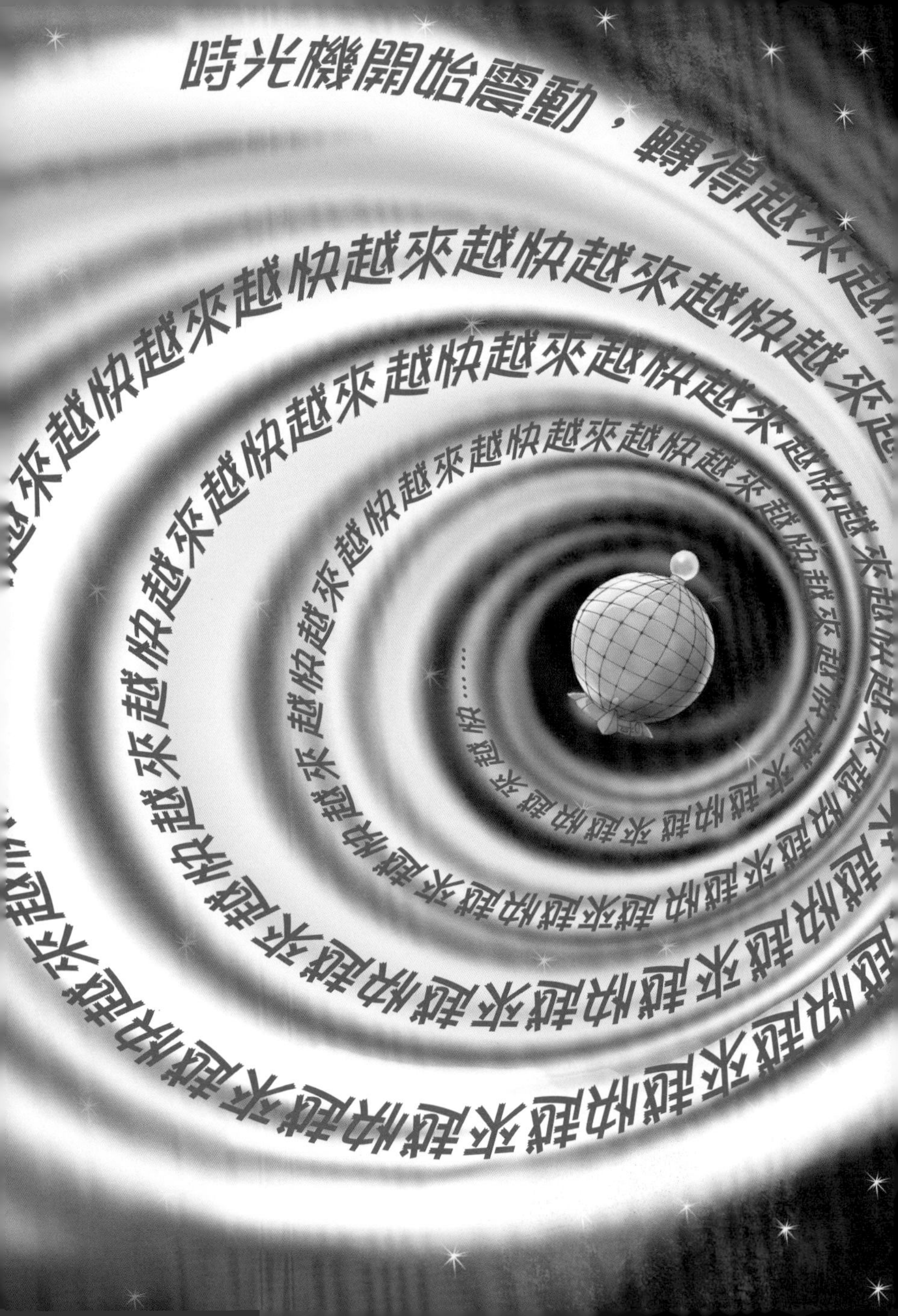

時空旅行穿越時空旅行穿越時空旅行穿越時空旅行穿越
越時空旅行穿越時空旅行穿越時空旅行穿越時空旅行
行穿越時空旅行穿越時空旅行穿越時空旅行穿越時

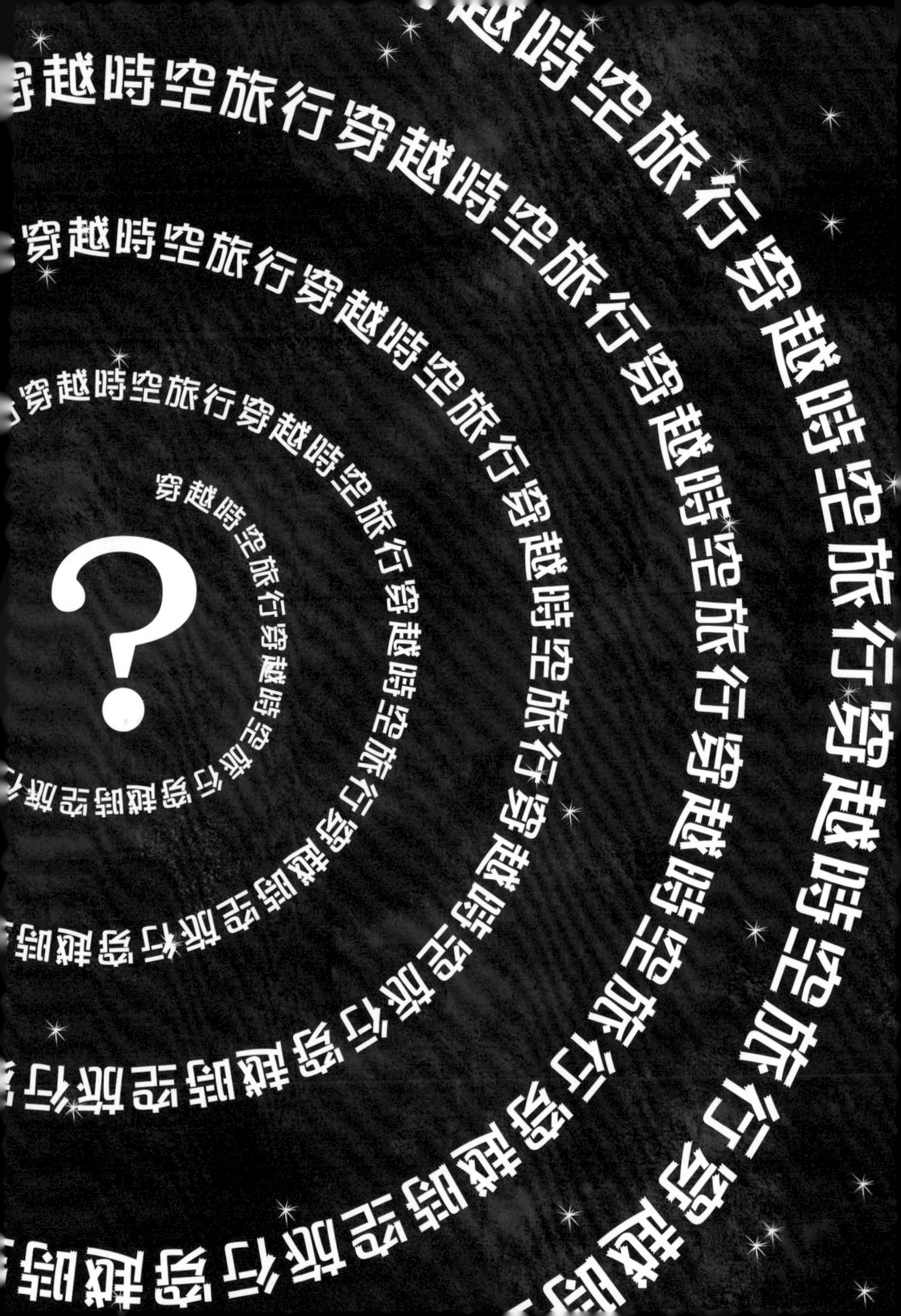
穿越時空旅行

瑪雅文明
失落之謎

瑪雅人離開了他們的城邦……
這到底是為什麼？

　　不知為何，公元1000年後，300萬名瑪雅居民離開了他們的文明鼎盛的城邦，毫無緣由地踏上離鄉之路，真是匪夷所思。難道城裏爆發了傳染病，還是他們受到了外族的侵略，或者遭到了自然災害？這到底是為什麼？

陌生的鄰居……
這究竟是怎麼一回事？

　　雖然瑪雅人生活在離印加人很近的地區，但是瑪雅人並不認識印加人……這究竟是怎麼一回事？

懂得曆法卻不認識輪子⋯⋯

這是為什麼？

　　瑪雅人擁有讓人驚歎的曆法系統，發明了文字，而且對數學有深入的研究和透徹的理解。但是，瑪雅人卻不會利用輪子和犁。此外，他們不使用金屬，也不出海航行⋯⋯**這是為什麼？**

　　迄今發現的瑪雅遺址只佔了實際上的十分之一，瑪雅人生活過的痕跡大部分藏在熱帶雨林之中，所以這些謎團至今無人能解！瑪雅人十分神秘，這激起了人們強烈的好奇心⋯⋯

為什麼，
為什麼，為什麼？

瑪雅時代：找出外來者！

以下圖中有4個不屬於瑪雅時期的事物，你能把它們找出來嗎？

瑪雅天文學

　　金星在瑪雅人心中佔有極重要的位置，瑪雅人甚至可以計算出金星在天空中的運行軌跡。凝望夜空，你能找到金星的位置嗎？

　　太陽剛落山的時候，你往西方看，也就是往太陽的左側看，這樣你就會看到金星。金星是夜幕降臨時的第一顆星星，它是如此耀眼，天還沒黑透，你就可以用肉眼看到它的光芒！

翡翠項鍊

所需材料：

- 8顆通心粉和8枚頂針
- 1根50厘米長的橡皮繩
- 1枝畫筆
- 翡翠綠色的廣告彩

1 將通心粉和頂針塗成綠色。

2 顏料風乾後，用橡皮繩將它們串在一起。每顆通心粉中間要加入一枚頂針。

3 繫好橡皮繩，就完成了！把這串可愛的瑪雅項鍊戴到脖子上吧！

瑪雅頭飾

所需材料：

- 1張藍色和1張綠色的卡紙
- 1張棕色長卡紙
- 1把軟尺
- 1枝鉛筆
- 1枝黑色水筆
- 1支白膠漿
- 1把剪刀
- 1個釘書機

1. 請大人幫忙，利用軟尺來量度你的頭圍。然後，在棕色卡紙上，剪出一條10厘米闊，和你頭圍一樣長的紙帶，作為頭飾的主體。

2. 在藍色卡紙上勾畫出4-5片21厘米長的羽毛外框，然後在綠色卡上重複畫上羽毛。

3. 用剪刀下羽毛。然後，用黑色水筆畫上羽毛的脈絡。用白膠漿把羽毛平均地貼室在頭飾的主體上。完成後，靜置頭飾，待白膠漿乾透。

4. 最後，用釘書機把頭飾兩邊釘起來固定，瑪雅頭飾就完成了！

請在紙上參照勾畫此羽毛。

瑪雅熱巧克力

所需材料：(4杯份)
- 150克黑巧克力
- 3勺糖
- 適量香草粉
- 1杯水
- 4杯牛奶

所需時間

15分鐘

動手之前，一定要尋求大人的幫助呀！

1 將巧克力掰成小塊，裝在盤子裏。

2 將巧克力塊放在鍋裏，再將鍋放在爐子上。向鍋中逐少加入少量的水和適量的香草粉，文火煮，同時用木勺不斷攪拌，之後熄火並取下鍋。

3 在另一隻鍋中加入牛奶，煮幾分鐘。

4 將熱牛奶澆在融化的巧克力上並攪拌均勻。注意，千萬不能讓它們結塊！

5 加入糖，再煮5分鐘，最後倒在杯子裏。美味的熱巧克力就做好啦！

種植菜豆

瑪雅人種菜豆吃，這並不困難，你也可以試試！

所需材料：
- 1個托盤
- 1把新鮮的菜豆
- 棉花
- 水

1 在托盤上鋪一層薄薄的棉花。

2 把菜豆散放在棉花上。

3 用水潤濕菜豆，並把托盤放在陽光充足的地方。植物生長不僅需要水，還需要陽光！別忘了要按時澆水。

4 幾天後，菜豆會冒出根！

5 觀察菜豆的發芽情況！如果你每天定時澆水，就會發現它每天都在長大。

6 當菜豆冒出的嫩芽長到5至6厘米高時，把它移植到陶瓷花盆或者院子裏。

7 再過幾個月就會看到枝條上結出新的菜豆。這時你可以叫媽媽過來，把它摘下來做菜。

化妝舞會
請柬

所需材料：
- 不同顏色的水筆
- 1把剪刀
- 彩帶（每張請柬需要使用20厘米長的彩帶）

1. 你要想邀請多少朋友過來，就把下頁的請柬複印多少份。

2. 給圖案着色，填寫朋友的名字、舞會日期和具體時間，以及你的地址和電話號碼。

3. 將請柬卷成紙筒，用彩帶打一個漂亮的蝴蝶結，把它固定好。

4. 至少在舞會開始一周前，把請柬送到朋友手中。

我的朋友：

請你在 ＿＿＿＿ 年 ＿＿＿ 月 ＿＿＿ 日
＿＿＿ 時 ＿＿＿ 分

請預留時間出席！

我在瑪雅化妝舞會上期待你的光臨。
舞會將在位於

＿＿＿＿＿＿＿＿＿＿＿＿＿＿＿＿

我的家中舉辦！

如果確認出席，請致電

＿＿＿＿＿＿＿＿＿＿＿＿＿ 。

假設你是一名探險家，正在奇琴伊察的熱帶雨林裏冒險。請你發揮想像力，創作你的冒險故事！

熱帶雨林迷宮

請幫助謝利連摩找出正確的路線，
帶他躲避兇猛的動物，讓他安全地逃離
熱帶雨林迷宮吧！

入口

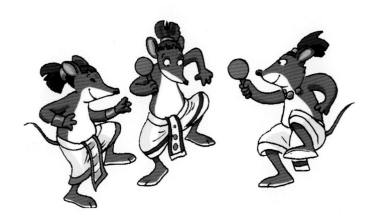

親愛的鼠迷朋友們，
你們喜歡讀穿越時空旅行的
冒險故事嗎？
……接下來的冒險同樣精彩，
我以史提頓家族的名義發誓！
請大家期待我下一本新書吧！

謝利連摩・史提頓

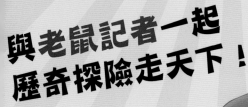
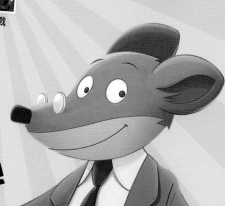

奇鼠歷險記

與謝利連摩一起展開
視覺及嗅覺並重的冒險之旅！

這是一套獨有多種氣味及用上魔法墨水隱藏秘密的歷險故事書。

翻開本系列書，你會聞到各種香味或臭味……還可能會有魔法墨水把秘密隱藏起來！現在就和謝利連摩一起經歷既驚險又神奇的旅程吧！

① 漫遊夢想國

② 追尋幸福之旅

③ 尋找失蹤的皇后

④ 龍族的騎士

⑤ 仙女歌雅不見了

⑥ 深海水晶騎士

⑦ 追尋夢想國珍寶

⑧ 女巫的時間魔咒

⑨ 水晶宮的魔法寶物

⑩ 勇戰飛天海盜

⑪ 光明守護者傳說

⑫ 巨龍潭傳說

勇士回歸（大長篇1）　失落的魔戒（大長篇2）

Geronimo Stilton
星際太空鼠

太空鼠出航，
探索宇宙新世界！

① 果凍侵略者

② 極地星拯救任務

③ 太空足球錦標賽

④ 星際舞會魔法夜

⑤ 恐龍星歷險記

⑥ 水之星探秘

⑦ 史提頓大戰貪吃怪

⑧ 智能叛變危機

⑨ 非常太空任務

⑩ 穿越黑洞之旅

俏鼠菲姊妹 Tea Stilton

①密室裏的神秘字符

②徽章的秘密

③勇闖古迷宮

④歌劇院的密室地圖

⑤長城下的秘密寶藏

⑥紐約連環縱火案之謎

⑦隱形的冰川寶藏

⑧月球探索之旅

神奇的冒險旅行
閃耀的友誼旅程

穿越時空鼠

① 穿越侏羅紀
·史前時代與古埃及·

② 阿瑟王傳說之謎
·中世紀與古羅馬時代·

跟着老鼠記者一起**穿越古今**，
展開最*精彩刺激*的時空之旅！